FILE NUMBER

El camino legal

Frankman Román

cARTEm Cómics
Director editorial: Daniel Díez
Edición y revisión de textos: Elena Hernández
Maquetación: Antonio de Diego

© Cartem Cómics, S.L., 2026
© del texto y las ilustraciones, Frankman Román, 2026

ISBN: 979-13-88003-08-0
DL: S 22-2026

¿Quieres ser el primero en saberlo TODO sobre nuestros lanzamientos, presentaciones, ferias,...
y estar al día de las noticias relacionadas con cARTEm Cómics?
Escanea este código QR y regístrate en nuestra web.

C/ Valencia, 36. 37005 Salamanca
info@cartemcomics.com
www.cartemcomics.com

También puedes ver nuestras ediciones en redes sociales:
www.facebook.com/cartemcomics
www.twitter.com/cartemcomics
www.instagram.com/cartemcomics
www.youtube.com/Cartem Comics

ADVERTENCIA DEL AUTOR

Esta novela transcurre de forma paralela a los sucesos del cómic *File Number – El culto olvidado,* compartiendo trama y personajes. En algunos puntos ambas historias están interrelacionadas directamente, por lo que **en esta novela se presentan una serie de giros en la trama que pueden ser considerados** *spoilers* **del cómic.**

Aunque no es necesario, **recomendamos leer el cómic antes que la novela,** puesto que ayuda a contextualizar algunos de los elementos de la novela, ayuda a su lectura, y se evita perder el factor sorpresa.

1

Morgan Moore gime sutilmente mientras ladea la cabeza. Todo le da vueltas. No es la primera vez que se queda dormida sobre su escritorio, pero sí la última. En el fondo sabe que no es cierto, no cuando vives para tu trabajo de inspectora del Departamento Policial de Lost Bay. Ya pedirá cita con su fisioterapeuta, si es que tiene tiempo para ello en algún momento. Abre lentamente los ojos y se percata de la pila de carpetas marrones apiladas en un extremo de la larga mesa de color gris apagado. El crimen nunca duerme.

Levanta un poco la cabeza, llevándose una mano a la nuca. Gira ligeramente el cuello y un leve crujido lo acompaña. ¿Cuánto tiempo lleva así? Tal vez horas. Cuando enfoca la vista logra ver una taza de café medio vacía frente a ella. Frío y asqueroso, un café frío y asqueroso. Ladea la cabeza en la otra dirección, pero esta vez no hay crujido. Su cuerpo comienza a despertarse, sea la hora que sea. Ahora alza la cabeza al techo del despacho y, mientras está boquiabierta, se da cuenta de que las placas y las luces de flexo del techo no podrían ser más deprimentes. «No solemos mirar mucho los techos», curiosa reflexión para un recién despertar.

Cuando baja la vista de nuevo al escritorio, repara en la placa que adorna el frontal de su mesa, que reza la frase «Mi escritorio, mis reglas». Un regalo de Cordelia. Su vista se desplaza hasta el pequeño marco en el extremo derecho del escritorio. En la fotografía que encierra se ve a dos mujeres. Una de ellas de piel oscura y cabello arremolinado, Morgan Moore, y la rodea por encima otra joven de piel muy pálida y un pelo negro como el carbón recogido en una coleta, Cordelia. Parecen felices. Eran felices, piensa Morgan para sí misma al rememorar el momento en que fue tomada la fotografía en el parque nacional Acadia, hace dos años. Muchas cosas han cambiado desde entonces, y no todas para mejor. Ese pensamiento lleva estancado varios días en la mente de Morgan, y lo justifica con el hecho de no haber dormido en casa desde hace días.

La jodió. Una de esas veces que la jodes bien jodida, y sabe que Cordelia tiene todo el derecho del mundo a estar enfadada con ella. Pero también sabe que Cordelia la quiere demasiado y es mejor persona que ella, motivo por el cual nunca le ha reprochado ninguna de sus meteduras de pata. No, ese no es el problema. El problema es que, sabiéndose culpable, Morgan no podría mirar a la cara a Cordelia y volver a pedirle disculpas otra vez. «No te la mereces, Morgan, maldita idiota». Sabe que esos pensamientos son demasiado tóxicos, ciertos, pero tóxicos.

Morgan se lleva una mano a los ojos y aprieta a la altura del tabique nasal hasta que duele. Cuando recupera la vista, después de varios fogonazos por la presión, distingue una figura en la puerta del despacho.

–¿Cordelia?

–Lo siento, inspectora –dice la figura de la puerta con una voz claramente masculina, pero juvenil–, no quería molestarla, pero…

–Pasa, Freeman, pasa –Moore se despereza disimuladamente y se yergue en la silla–. ¿Qué sucede?

El joven inspector, en los últimos años de la veintena, espigado y de pelo corto castaño, entra en el despacho cerrando la puerta tras de sí. Trae una taza en una mano y una caja de color rosa en la otra, y deja ambos sobre el escritorio ante una atónita Morgan Moore.

–¿Celebramos algo, Freeman? –pregunta la inspectora.

Dick Freeman le explica entonces a Morgan que hará apenas una hora escasa se pasó por el despacho su pareja, y traía la caja rosada cargada de dónuts. También confiesa que el relleno de mermelada de fresa ha desaparecido, y él es el culpable. La taza de café recién hecho es cortesía suya, pensando que a la inspectora le gustaría acompañar los dulces con algo amargo.

–¡¿Cordelia ha estado aquí?, ¿por qué no me ha avisado nadie?!

–En realidad, inspectora –dice Freeman–, la señorita Burrows la vio dormida a través de la rejilla, desde fuera del despacho, y decidió no despertarla. Me pidió que le dejase la caja con…

–Vale, vale, lo pillo, Freeman, lo pillo –Morgan agarra la taza de café que le ha dejado el joven inspector y le da un sonoro sorbo que le atraviesa la garganta–. ¡Dios mío bendito, Freeman! ¿Qué es esta porquería? ¿Quién ha hecho este café?

–Peralta acaba de hacerlo, inspectora. Está recién…

–Está despedido. ¡Peralta! ¿Me oyes ahí afuera? ¡despedido! –Vuelve a dar otro sorbo al café, esta vez esperando el golpe–. Qué asco, por favor.

Morgan deja la taza de nuevo sobre la mesa y abre la caja de los dónuts. Efectivamente, resulta evidente la falta de uno de los dulces, el glaseado con mermelada de fresa. Agarra uno de los normales azucarados y le da un mordisco que le sabe a gloria.

Con la boca medio lle-  na, Morgan le pregunta a Freeman a santo de qué ha venido la irrupción en su despacho. Normalmente, el joven inspector la habría dejado dormir sin reparos, como tantas otras veces en las que Morgan se ha quedado trabajando hasta tarde o durante jornadas enteras, e irremediablemente el sueño vence. El caso del violador asesino de la calle Factory la ha traído de cabeza durante varios días y noches; no dejaba de ver las caras de las jóvenes cada vez que cerraba los ojos, y eso la estaba atormentando en cada ápice de su ser. Pero ahora que habían conseguido pillar a ese cabrón, tras cuatro asesinatos y tres meses, por fin podía dormir tranquila. O al menos eso pensaba antes de la visita de Freeman. El agente, de nuevo excusándose por interrumpir a Morgan, le hace saber que hace apenas unos minutos han recibido una alerta por varios disparos en el Motel Cordial, en la calle Pearson.

Morgan conoce bien el Motel Cordial, o, al menos, lo conocía cuando era el anexo del club más prestigioso de Lost Bay, conocido como la gran Casa de Winslow. Este lugar era el local de alterne más refinado de toda la ciudad, con luces, espectáculos de variedades, y un pequeño edificio de habitaciones al lado donde los generosos clientes podían «agradecer» a sus anfitrionas el trato recibido. Claro que estamos hablando de mediados de los años noventa, y Morgan era tan solo una cadete recién salida de la academia. En tan solo siete años el local había cambiado de manos tres veces. Primero lo tuvo un gran benefactor empresario extranjero de algún país del este que había visto potencial en el negocio y decidió invertir. El primer cambio fue a finales del año 1994, cuando las bandas locales comenzaron a trapichear descaradamente durante las fiestas privadas del club. El imperio de la droga se impuso en el local y, tras varias redadas, el acaudalado extranjero se vio obligado a buscar a un socio mayoritario para empezar a desligarse del negocio. El segundo dueño del local fue un granjero de Ebony Claw, otro pueblo cercano, al que le habían caído algunos cuartos en una herencia de un tío lejano y al que habían aconsejado invertir en algunos negocios. Su gestor se dio a la fuga tras una inspección judicial, y el pobre granjero comenzó a perder toda la fortuna que tan equívocamente había invertido. El tercer y último dueño de La Casa de Winslow fue el equipo de la propia administración de Lost Bay. El ayuntamiento, bajo un nuevo alcalde más ambicioso que prudente, hizo oídos sordos a las numerosas deudas que recaían sobre el inmueble y gestionó la «adquisición» de los terrenos sobre los que se asentaba La Casa de Winslow, algo en lo que no habían caído ni el generoso extranjero ni el suertudo granjero en su momento. Así, siendo dueño de los terrenos, el nuevo alcalde se convirtió en propietario del local que había construido encima. La reconversión, a cargo del ayuntamiento de la ciudad, por supuesto, se consiguió en un tiempo récord, y a mediados de 1998 La Casa de Winslow volvió a abrir sus puertas como si se tratase de una atracción turística.

Lo que al principio parecía todo un espectáculo para la ciudad de Lost Bay y una innovación, se desmanteló en una redada de la policía judicial a finales del año 2001 como uno de los mayores destapes fiscales de la historia de la ciudad. El alcalde había estado utilizando La Casa de Winslow para blanquear dinero negro durante casi tres años «con bastante éxito», determinaría el juez posteriormente. Así, finalmente, el club más prestigioso y polémico de Lost Bay cerró sus puertas para siempre. Pero no lo hizo el local de habitaciones anexo, que tras su adquisición por un modesto empresario autóctono a finales de 2003 pasaría a ser conocido como el Motel Cordial, intentando mantenerse lo más alejado posible de todo lo sucedido con el club de alterne años atrás, y convirtiéndolo en un pequeño recinto de alquiler de habitaciones por noches que, para su sorpresa, acabaría teniendo cierto éxito entre la gente de fuera por su sencillez. Aunque no faltan los cotillas de turno que simplemente aprovechan la oportunidad para visitar las ruinas de La Casa de Winslow, actualmente abandonada a su suerte y en según qué temporadas habitada por enormes criaturas portadoras de enfermedades y algunos yonquis.

No fueron pocas las veces en que Morgan, cuando era una novata, formó parte de los equipos de las redadas policiales llevadas a cabo en el local de variedades a partir del año 96, con intención de destacar sobre los demás. Sin embargo, debe reconocer que, hasta la fecha, nunca habían notificado ningún altercado ni nada parecido en el Motel Cordial.

–¿Quién ha dado el aviso? –pregunta Morgan.

–El señor Vaughn, el dueño, hace unos diez minutos.

–Avisa a la científica. Llama a la doctora Expósito también y dile que no se marche aún, seguramente le demos algo de trabajo. Cuando hay disparos, suele haber alguien en el suelo.

–Ya he enviado un par de patrullas a acordonar la zona, deberían haber llegado ya.

–Bien, ve adelantándote y arranca el coche, ahora te alcanzo – suspira Morgan.

Antes de que se marche por la puerta de nuevo, Morgan le pregunta al inspector Freeman si ha avisado ya al juez de instrucción, por si hay que levantar algún cadáver. Freeman responde negativamente. «Bien, que se te olvide hasta que lleguemos allí, Dick». A Morgan no le gusta cuando empiezan a husmear en sus escenarios del crimen antes de lo debido.

Dick Freeman sale por la puerta a la par que Morgan vuelve a dar un sorbo a la taza de café. El líquido frío le ayuda a bajar lo que aún le queda del dónut en la garganta. Sabe a gloria hasta el último bocado.

Se levanta de la silla y se estira descaradamente. Las noches en la oficina le van a pasar factura, pero ya tendrá jubilación durante la que quejarse de ello. Repasa su equipo antes de salir. Placa, arma reglamentaria, arma no reglamentaria, documentación, llaves del coche, teléfono… ¿teléfono? ¿Dónde diablos ha metido el teléfono?

Tantea los bolsillos, sin éxito. Siempre le pasa lo mismo, debería atarse el teléfono con una cadena al cuello. Repasa sus últimos movimientos, pero ni siquiera recuerda cuándo se quedó dormida sobre el escritorio, menos aún dónde dejó el teléfono por última vez. «Piensa, piensa».

Morgan inspecciona el despacho rápidamente y entonces lo ve. Ilusa de ella. Al fondo del despacho hay una gran bandera americana de pie que adorna la esquina. Morgan tiene la mala costumbre de utilizarla como perchero, aun teniendo uno justo al lado de la puerta. No sabe si lo hace por vicio o por reivindicación ante el sistema gubernamental, pero lo hace. Su elegante chaqueta gris a rayas negras reposa colgada sobre la bandera roja, blanca y azul. ¿Podría ser? Morgan mete la mano en uno de los bolsillos laterales de su chaqueta… nada. Prueba a tientas en el otro bolsillo… ¡BINGO!

Su teléfono móvil no es nada del otro mundo, lo más sencillo del mercado, «para llamar y poco más» le dijo al vendedor cuando fue a comprarlo. Cordelia siempre le está reprochando que no se compre uno mejor, pero la verdad es que Morgan se apaña con poco, siempre lo ha hecho. Desbloquea el teléfono y ve dos mensajes sin leer. El primero de ellos es de *spam* de una oferta de un producto que ni siquiera Morgan sabe identificar. El segundo mensaje es de Cordelia.

Cordelia: No h krido despertart. T dejo ls dónuts. Hablamos. PD: Freeman prcía interesado en el de mermlada de fresa.

Maldición. Morgan siente un hormigueo en el estómago, y no de los agradables. Debería haber estado despierta, aunque en el fondo duda de ello, ya que tal vez la habría cagado de nuevo. Termina de colocarse la chaqueta mientras piensa en qué responderle a Cordelia. ¿Algo agradable? ¿Algo directo?

Morgan: Mucho trabjo. T llamaré luego. Gracias x ls dónuts.

Menuda elocuencia. En la academia te enseñan incluso a lidiar con situaciones de tremendo estrés y bases de negociación, pero Morgan es incapaz de decirle a la mujer de su vida que lo siente y que la quiere.

Vuelve a guardar el teléfono en uno de los bolsillos de la chaqueta. Se da la vuelta y queda de frente al gran tablón de corcho que reina sobre la pared tras el escritorio. Ahí están las caras de esas chicas. Por fin podrán descansar en paz. Morgan descuelga todas las fotos del chapón, las de las chicas, las de los sospechosos, y las del culpable. El violador asesino de la calle Factory ya es un caso cerrado. Volverá a preocuparse cuando tenga que declarar en el juicio. Con el tablón totalmente vacío, Morgan se siente con fuerzas para encarar un nuevo asunto. El trabajo la distraerá del resto de preocupaciones. Cierra la carpeta del caso del asesino de la calle Factory y la guarda en uno de los archivadores del despacho. Al abrir el archivador, este parece que va a estallar de papeleo. Ya ha recibido algún tirón de orejas por no llevar los expedientes cerrados al registro del sótano, pero nunca tiene tiempo. Mentira. Ya lo hará, se dice para sí misma. Cierra el archivador y apaga la luz del despacho, cerrando la puerta tras de sí.

2

23 de noviembre de 2010 – 18.17 h.
Motel Cordial.

Freeman aparca el coche patrulla en el estacionamiento exterior del motel. Apenas hay otro par de automóviles aparcados, a bastante distancia el uno del otro. Morgan puede imaginar por qué, y es que la discreción es un factor fundamental en este tipo de establecimientos. Morgan distingue con un rápido vistazo los dos coches patrulla de Jackson, Ortiz, Grey y Jewell apostados en los límites de la parcela del motel. Sin embargo, no hay nada acordonado. Freeman sigue agarrado al volante, mirando al infinito. No lleva mucho tiempo en el cuerpo, y sabrá Dios por qué lo asignaron como tutelado de Morgan, pero la orden venía desde arriba. «Verde, muy verde», piensa Morgan mirando de reojo a Freeman. La tarde se empieza a imponer y la luz del día va desapareciendo con un tono grisáceo que hace que las sombras se recrudezcan, pero no hay ninguna luz encendida por ninguna parte, solamente las de los coches patrulla de Jackson, Ortiz, Grey y Jewell, lo que le da un toque más tétrico a la escena si cabe.

No es el primer rodeo de Morgan, pero si algo aprendió desde sus inicios es que cada caso es totalmente diferente. Se baja del coche con un quejido, señal de que la edad empieza a hacer mella, y observa un poco mejor el panorama. Se recuerda que tiene tan solo 42 años, «pero bastante vividos», puntualiza en su cabeza para justificar el quejido. El motel es bastante pequeño y discreto, lo suficiente como para pasar desapercibido si te despistas conduciendo por la carretera principal. Colores nada llamativos, sin el típico letrero gigante que anuncia que tienen habitaciones libres. No, la intención está bastante clara: no llamar la atención, sea por el motivo que sea. La primera tanda de habitaciones está a pie de calle, hay unas diez, una al lado de la otra, algunas con las cortinas corridas, o bien con alguno de los vehículos del aparcamiento haciendo de pantalla. «Discretos, pero poco inteligentes», aunque Morgan se escuda pensando en que tal vez piensa eso por mera deformación profesional.

A la izquierda se deja ver la garita del gerente del motel, esta sí completamente iluminada con un tenue tono amarillento, de esos que hacen que parezcas enfermo de hepatitis o algo peor. No sabe quién sería capaz de pasarse ahí doce horas, sino más, y no acabar realmente enfermo. Morgan alza la vista y ve otra tanda de habitaciones, unas seis según las puertas, en una segunda planta, a la cual se accede por una escalera interior. Atisba a ver un pasillo en el centro entre dos de las habitaciones que parece conducir hacia un interior mejor acondicionado, que seguramente albergue más habitaciones aún más «discretas».

Cierra la puerta del coche patrulla y cuando da el primer paso, Morgan se percata de que Freeman no la sigue. Al girarse ve justo al otro lado de la carretera la que antaño fuera La Casa de Winslow, o lo que queda de ella, al menos. Ni siquiera ahora es el remanente de una época mejor, simplemente un local en ruinas. «Por dentro estará incluso peor de lo que luce por fuera», piensa Morgan. Se agacha para caber por la ventanilla del coche patrulla.

–Freeman, ¿vienes? –pregunta Morgan con un tono sarcástico–, ¿o prefieres que te traiga aquí el cadáver?

Freeman sale de su letargo con un respingo y se pone en marcha. Morgan no le pregunta a qué ha venido esa breve disociación, hoy no tiene fuerzas para lidiar con nada más. A mitad de camino hacia la garita del gerente les sale la oficial Jewell a su paso, una mujer de treinta y largos, con el pelo recogido en un moño, y las manos apoyadas en el cinturón del uniforme.

–Inspectora, me alegro de verla –dice la agente–. Jackson y Ortiz están vigilando la zona, Grey custodia la habitación. El Sr. Vaughn, el dueño y gerente, escuchó una serie de disparos en la habitación 402.

– ¿Habéis entrado ya? –Morgan retoma la marcha en dirección a la garita del gerente.

–La estábamos esperando a usted, inspectora –dice Jewell mientras intenta mantener el paso firme de Morgan.

Morgan ordena a la agente Jewell que permanezca en el aparcamiento y no deje salir a nadie del motel, por si el asesino siguiese aún en la zona, aunque lo duda. A la vez, pide a Freeman que se vaya adelantando hacia la habitación del incidente, para que pueda relevar al agente Grey, y que este vigile las escaleras y posibles salidas secundarias del motel.

–Llama de nuevo a la científica, diles que se den prisa –indica Morgan a Freeman–, algo me dice que nos vamos a llevar una sorpresa.

Freeman se separa de Morgan mientras ella entra en el pequeño habitáculo que sirve como garita para la persona de guardia en el motel. Un estrecho mostrador de madera corroída ocupa la mayor parte del hueco disponible para moverse. En el extremo opuesto Morgan distingue una máquina que te da una bola de chicle al insertar una moneda. «Seguramente la moneda sea más fácil de digerir que el chicle». Justo bajo el mostrador hay una planta más muerta que viva, pero que sigue batallando. Desde fuera no lo parece, pero lo que da al exterior no es una pared, sino una cristalera de medio cuerpo bastante sucia. Sentado detrás del mostrador y con una botella de antiácido, se encuentra el señor Vaughn, un hombre que ronda los sesenta, barrigón y con un mostacho de lo más prominente, con bastante pelusilla facial y unas cejas pobladas. Calvo, eso sí, o parcialmente calvo. Está mirando un pequeño televisor de tubo que tiene colgado sobre un tablón de madera instalado de forma bastante cutre sobre la pared del fondo. Está ensimismado mirando un concurso de talentos, tanto que casi se cae de la silla de madera cuando Morgan llama su atención. Al girarse, Morgan no sabe distinguir si el tono de piel cetrina es debido a la luz enfermiza o a que, efectivamente, el señor Vaughn pueda haber contraído algún tipo de enfermedad. Cuando se da la vuelta, deja ver tras de sí una pequeña caja fuerte, cerrada a cal y canto, pero de dudosa seguridad, y una serie de cubículos en la pared destinados al correo y a guardar las llaves de las habitaciones. Sin duda, no se encuentra en su mejor temporada de alquiler de habitaciones.

Morgan saca la placa y se presenta, agradeciendo al señor Vaughn su colaboración y el haberles avisado con tanta rapidez. El hombre se incorpora un poco sobre la silla y se acicala la calva, o los tres pelos que le quedan.

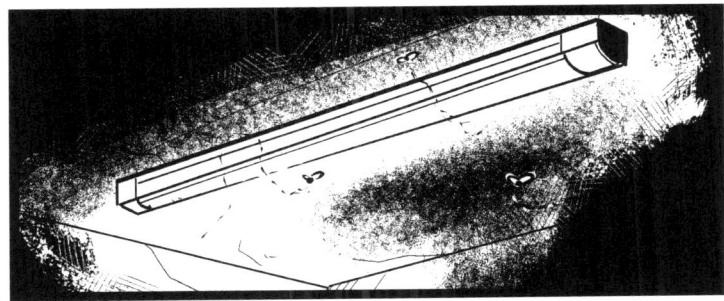

–Gracias por venir tan rápidamente. La verdad es que me he llevado un buen susto –explica el dueño–. Aunque uno ya está acostumbrado a ver de todo, pero claro… ya sabe.

–¿Podría contarme con algo más de detalle lo sucedido, señor Vaughn? –Morgan adopta una posición imperante, con los brazos en jarras, esperando que el hombrecillo frente a ella se sienta ligeramente intimidado y evite omitir detalles.

–Pues no hay mucho más que contar. Ya se lo he explicado todo a la agente que estaba aquí hasta hace un rato. Estaba en mitad de mi turno, entreteniéndome como puedo, y de repente… PUM, PUM. Dos golpes sordos y secos seguidos.

–Usted ha dicho que habían sido disparos –Morgan arquea una ceja–, ¿cómo sabe que han sido disparos y no otra cosa?

El hombre sonríe, dejando entrever una serie de dientes malformados, pero, a pesar de todo, bien cuidados.

–Por favor, oficial. Sabe el barrio en el que estamos. Sé distinguir un disparo cuando lo oigo.

–Mi compañera dice que le ha comentado que los disparos procedían de la habitación 402, ¿está seguro de eso?

–Bueno… –el hombre duda por un momento, para luego adoptar una actitud segura–… en el momento no lo supe. Hay pocas habitaciones alquiladas ahora mismo. Mientras les llamaba a ustedes vi salir corriendo a un hombre, y me pareció que era el tipo de la 402.

«Me pareció… Genial», Morgan deja salir un suspiro.

–¿Tiene un libro de registros? –pregunta Morgan dando un paso al frente–. Necesitamos saber quién alquiló la habitación.

El señor Vaughn sonríe de nuevo, esta vez con una expresión de malicia que desagrada visiblemente a Morgan. Sabe lo que le va a pedir, y sabe cómo tratar con gente como él en estos casos.

–No puedo facilitarle esa información, oficial –dice el tipo cambiando su voz a un tono meloso–. Me debo a la confidencialidad de mis clientes. Aunque tal vez con la motivación adecuada…

Esa es la frase que Morgan estaba esperando.

–Le diré cómo lo vamos a hacer, señor Vaughn. –Morgan también adopta un tono propio para hacer ver que sabe jugar al mismo juego–. Vamos a entrar en esa habitación, y en el caso de que haya un cadáver tenemos dos opciones. La primera es que esto se va a convertir en el escenario de un crimen, y procederemos a precintar todo el motel hasta que se resuelva la investigación, lo que puede tardar meses y, por tanto, no podrá seguir con su negocio durante este tiempo. O bien la segunda opción, que es que podemos recabar todo lo que necesitemos en cuestión de horas y marcharnos, dejándole a usted las tareas de limpieza y utilizar lo sucedido como un buen *marketing* para alquilar la habitación en cuestión a turistas morbosos lo antes posible y empezar a rentabilizar una desgracia, como sin duda hará.

El hombre traga saliva al verse acorralado, sabe que ha perdido el mano a mano. Se agacha un poco y empieza a trastear por debajo del mostrador. Al cabo de un minuto saca un libro de cuentas horizontal, con la tapa desgastada y descolorida, y lo pone sobre la encimera, frente a Morgan.

Morgan no se detiene siquiera en hacer un comentario jocoso sobre su gran jugada maestra en el duelo que acaban de tener, no merece la pena. Piensa que ha tenido que lidiar con muchos hombres rastreros y aprovechados como el señor Vaughn no solamente durante su carrera, sino durante toda su vida. «Todos son iguales». En ese momento se le viene un refrán a la cabeza que le dijo el excomisario Sherman durante su fiesta de jubilación hace un par de años: «Toda la vida matando gilipollas y aún quedan». No puede evitar esbozar una leve sonrisa al recordar la frase mientras abre el destartalado libro.

La tapa cruje, y las primeras páginas están pegadas. Probablemente, el libro sea tan antiguo como el motel, dada la escasa clientela de los últimos años. Morgan da un salto hasta poco más de la mitad del libro y ve algunos nombres anotados a mano. Las hojas están divididas en columnas. Una primera para la fecha, una segunda columna para la habitación, una tercera para el nombre de quien la alquila, y una cuarta con el importe y el método de pago. Localiza fácilmente el último registro de la habitación 402, del 20 de noviembre de 2010, hace tres días. Parece que no llegaron a disfrutar de la última noche; pagaron cuatro noches por adelantado, en metálico. Morgan se maldice. Algo que ha aprendido de su experiencia en el cuerpo de policía es que el dinero en metálico es prácticamente imposible de rastrear, al contrario que las tarjetas de crédito o débito. La habitación está a nombre de Elizabeth Chambers. «Seguramente un pseudónimo»; la clientela de este tipo de establecimientos pretende pasar lo más desapercibida posible, pero Morgan no pierde del todo la esperanza. Se percata de que al lado de algunos de los nombres hay puntos rojos, hechos con bolígrafo, casi imperceptibles. Prefiere no preguntar su significado, lo único que le importa es que no hay ningún punto visible al lado del nombre de Elizabeth Chambers.

Cuando devuelve el libro de cuentas al gerente no tiene ni que apretarle las tuercas un poco para que le diga dónde encontrar la habitación. El motel se divide en cuatro secciones: planta baja frontal y trasera; planta superior derecha e izquierda. La 402 forma parte de la última sección, la derecha superior. Morgan agradece con una visible sonrisa vencedora de nuevo su colaboración al señor Vaughn antes de salir por la puerta de la garita, mientras este murmura algo entre dientes. «Todos son iguales».

3

Morgan cruza el aparcamiento de nuevo, alumbrada por las luces de los coches de policía. Al lado del coche de Jackson y Ortiz ve una furgoneta de color negro con letras en blanco y el logo del Departamento de Policía de Lost Bay. El equipo de la científica debe de haber llegado mientras ella jugaba al gato y al ratón con el señor Vaughn. La agente Jewell le dirige un saludo con la cabeza desde la otra punta del estacionamiento. Morgan saca el teléfono móvil del bolsillo de su chaqueta y lo revisa. No hay mensajes. No sabe si eso es bueno o malo. Se detiene un momento y duda si mandar un nuevo mensaje a Cordelia, pero la verdad es que no tiene nada que decirle. Guarda el teléfono justo a tiempo para ver la cara de una chica joven pegada a la ventana de una de las habitaciones de su izquierda. La joven, muy probablemente con la mayoría de edad recién cumplida, se asusta y desaparece detrás de la cortina de la ventana hacia el interior de su habitación. «Nunca faltan los cotillas».

Morgan comienza a subir las escaleras hacia la segunda planta y comete el error de apoyarse en la barandilla pegajosa de la derecha.

–Inspectora –otro agente la saluda con la cabeza, sin quitar las manos de su cinturón.

«Es fácil adivinar qué agentes acaban de salir de la academia», se dice Morgan para sí misma. Trajes impolutos, con la raya del pantalón bien planchada, la placa reluciente y lo más importante: los brazos en jarras colocados sobre el cinturón del uniforme para reafirmar su autoridad.

–Grey –responde Morgan–. ¿Todo en orden?

El agente asiente afirmativamente mientras Morgan sigue caminando, perdiéndole de vista. Las habitaciones de la planta superior parecen todas vacías. Ni un movimiento, ni una luz, ni un ruido. Morgan simplemente sigue el murmullo que escucha de fondo hasta llegar a un cruce a la derecha. Freeman se encuentra frente a la puerta abierta de una habitación, haciéndole una señal con la mano levantada para que se acerque.

–Quería esperarla, inspectora, pero la científica ya ha comenzado a recoger pruebas –se excusa Freeman–. Al abrir la puerta nos hemos topado con un cuerpo en el suelo.

–¿Características?

–Mujer, entre cuarenta y cinco y cincuenta años, complexión media –Freeman facilita los detalles repasando una pequeña libreta que se saca del bolsillo de la chaqueta–. Todo parece indicar que la muerte se ha producido por una herida de proyectil en la sien derecha y…

–¿Y? –Morgan mira a Freeman, impaciente por que termine su redacción y entrar en la habitación.

–Y… –Freeman pasa un par de páginas de la libreta con nerviosismo–. Bueno, eso es todo, no sabremos más hasta que la científica termine. Pero…

Morgan bufa.

–Pero… ¿qué?

–Bueno… –Freeman mira en dirección al interior de la habitación.

Morgan se gira y se asoma a la escena del crimen. Lo primero que ve es el cadáver de la mujer tirado en el suelo frente a la puerta de la habitación. Más tarde tendrá tiempo de analizarlo. Lo segundo es el equipo de tres personas de la policía científica, vestidas con monos de tela impermeable de color blanco, guantes celestes, protectores para los zapatos del mismo color y mascarillas blancas.

–¡¿Pero qué…?! –Morgan asoma la cabeza por la puerta de la habitación con notorio enfado–. ¡¿Se puede saber qué hacéis ahí parados?! ¿Por qué nadie está buscando pruebas ni recogiendo nada?

Freeman se hace notar detrás de la inspectora.

–No pueden, inspectora. No hasta que no llegue la fotógrafa. No pueden manipular nada.

Morgan se gira. La vena de su cuello está a punto de reventar como una tubería de gas al rojo vivo.

–¿Dónde cojones está Towers?

Freeman se encoge de hombros para afirmar que no lo sabe. Le dice que le han dejado un mensaje desde la central cuando ellos han salido del despacho, pero nadie sabe nada de ella. Morgan maldice, lo que alivia algo de la tensión acumulada en su cuello. Saca su teléfono móvil de nuevo, pero en esta ocasión con un objetivo bastante claro. Llama a la central de policía y pide que la pasen directamente con el teléfono de Hope Towers, la fotógrafa forense contratada por el cuerpo. Towers tiene la manía de llegar siempre tarde a los sitios. No sabe de quién será pariente, porque desde luego han trabajado con fotógrafos externos más capacitados en el cuerpo a lo largo de los últimos años, y Towers no es de las mejores, precisamente. Sin embargo, se ha convertido en la fotógrafa oficial de la policía de Lost Bay por contrato. Allá donde aparezca un cuerpo, allá donde se produzca un robo, un incendio, cualquier altercado... Hope Towers es la encargada de tomar las fotografías para el cuerpo, muy a pesar de la inspectora Morgan Moore. No le cae bien, y no es un secreto.

–¿Diga? Aquí Towers –Una voz casi infantil responde al otro lado de la línea.

–Towers, soy la inspectora Moore –El tono de Morgan es tajante, dejando ver que no está nada conforme–. ¿Se puede saber dónde estás? ¡Te quiero en el Motel Cordial de la calle Pearson a la de ya! Tenemos un cadáver y todo el maldito equipo de la científica está esperándote para poder hacer algo. ¡Así que mueve el culo y trae tu puñetera cámara!

–Sí, claro, inspectora. Motel Cordial. Estaré allí enseguida. Claro, llevaré el equipo.

Morgan cuelga sin dar opción a más réplica y vuelve a guardar el teléfono móvil. Le pide a Freeman que vaya a esperar a Towers al estacionamiento y que la avise en cuanto llegue. El inspector Dick Freeman desaparece rápidamente por el pasillo con un «a la orden» como si llevase chinchetas en los zapatos. Morgan se gira hacia los tres agentes de la policía científica y les pide salir de la habitación «con mucho cuidado» en un tono irónico. Morgan Moore tiene fama de ser bastante estricta y puntillosa, pero gracias a eso está donde está y es una de las mejores del cuerpo, aunque nadie la soporte. El problema es, piensa Morgan, cuando ese defecto traspasa las fronteras de lo profesional. Se permite ese pensamiento durante un par de segundos, para rápidamente desaparecer cuando el último de los agentes de la científica sale de la habitación. Tras ello, les pide unos cubrezapatos de plástico y se los coloca con cuidado para no caerse de bruces. Lo último que necesita es perder autoridad en ese momento, su autoestima no podría lidiar con ello ahora mismo. Ordena a los tres agentes permanecer fuera de la habitación en todo momento mientras ella echa un vistazo. Uno de los agentes, quizás el más inexperto, le recuerda que intente no tocar nada. Morgan no dice nada, simplemente le regala una mirada que al agente debió parecerle la de un lobo a punto de lanzársele al cuello, lo que hace que dé un paso hacia atrás, hasta el punto de casi caer por la barandilla exterior.

Morgan entra en la habitación con sumo cuidado. Intenta dar los menos pasos posibles, pues, aunque lleve los protectores, podría alterar cualquier prueba. Al igual que con sus propias huellas, ya que, aunque no hay peligro de dejar ninguna gracias a los guantes que le llegan hasta los codos que le gusta llevar, siempre podría borrar algún rastro dejado en alguna superficie. De nuevo, lo primero que ve es el cadáver de Elizabeth Chambers, nombre aún por confirmar. Morgan se agacha para intentar ver un poco mejor el cuerpo de la mujer. Efectivamente, tenía entre cuarenta y cincuenta años aproximadamente, caucásica, ojos claros, pelo castaño cobrizo tirando a pelirrojo. Lleva una blusa de color gris oscuro casi negro, un pantalón fino de color beige, y zapatos abiertos de tacón. Zapato solamente lleva uno puesto, el otro se le habría salido seguramente al caer y está tirado a pocos centímetros de ella. La muerte, como le ha dicho Freeman, parece ser causada por una herida de proyectil en la sien derecha. Debe haber un orificio de entrada y otro de salida, ya que la sangre ha manado hacia el suelo, manchando toda la zona alrededor de la cabeza de la mujer. Imposible determinar a simple vista el tipo de proyectil. Lo siguiente que llama la atención de la inspectora es una mancha de color negro en la muñeca derecha de la fallecida. No, no una mancha, una especie de tatuaje. Morgan se agacha un poco más, intentando no tocar nada con el bajo de su abrigo, para intentar verlo con más detalle. Lo que alcanza a apreciar es una figura central de color negro, como una especie de pulpo de seis patas, y con dos rayos a los laterales, también de color negro. Desconoce de qué se puede tratar, ni si tendrá relación con el caso, seguramente no, pero se dice que vale la pena tomarlo al menos en consideración.

El cuerpo está tirado sobre la moqueta de color verde apagado de la habitación. Morgan se reincorpora y echa un vistazo rápido al

resto de la estancia. Más allá de la moqueta de horrible color, las paredes están empapeladas de un motivo victoriano de color azul grisáceo, que para nada pega con el color del suelo ni del techo. A la derecha ve un armario de dos plazas, más allá, la cama y dos mesitas

de noche con una pequeña lámpara en cada una. Los ojos de Morgan se detienen en la cama, ya que hay un rastro de sangre bastante notable que mancha las sábanas de color beige desde los pies hasta el cabecero. Parece una salpicadura bastante prominente originada por el disparo en la cabeza de la señora Chambers; quien fuera le disparó en dirección a la cama. A la izquierda puede ver la puerta del baño, cerrada, así como la ventana que da a la calle. Se trata de una ventana con doble cristal, y alguien ha echado las cortinas hacia el hueco interior entre ambas. Seguramente se diseñaron de esa manera para opacar el ruido de los «clientes satisfechos» que venían directamente de La Casa de Winslow. Bajo la ventana se aprecia otra mancha de sangre, menos opulenta, y cuya procedencia aún no puede identificar. Lo último que llama la atención de Morgan es un agujero en la pared del fondo. Se levanta con sumo cuidado y pasa por el lado de la pared, esquivando el cuerpo de la mujer y las manchas de sangre, hasta llegar justo frente al agujero. Un impacto de proyectil. «Otro» impacto de proyectil, y las trayectorias no coinciden. La bala seguirá alojada en la pared; trabajo para la científica. Morgan vuelve a darse la vuelta, intentando recrear la escena que tiene frente a ella. Es evidente que falta otro actor en el escenario, tal vez ese hombre que el recepcionista señor Vaughn afirmó ver salir corriendo del lugar. «Si es así, ese hombre debió llevarse el arma homicida y los casquillos», intuye Morgan al no ver ni rastro de ellos.

Se queda mirando al infinito en el interior de la habitación un rato más, empapándose de la energía de la escena. La inspectora Moore no solo es conocida por ser una de las policías más estrictas del cuerpo, sino también por sus métodos. No es que se trate de métodos más o menos convencionales, pero sí son peculiares. Algunos dirían que incluso «oscuros», pero nada más lejos de la realidad. A Morgan le gusta realizar una primera inspección de los escenarios, sea el crimen que sea, a solas, sin estímulos del exterior y sin gente rondando como moscas molestas. Gracias a eso siente una especie de inspiración que la ayuda a plantear las preguntas correctas y a intentar encontrar el camino de las respuestas. Así fue como pudo dar con el violador asesino de la calle Factory y su relación con todas y cada una de las víctimas: una caja de la empresa de reparto Teshum recientemente entregada a todas las chicas en su casa pocos días antes de ser secuestradas. Un detalle que podría haber pasado desapercibido para muchos o tal vez considerado sin importancia, pero no para Morgan Moore.

Pasan los minutos y la inspiración no viene. Tal vez no haya mal que encierre este escenario, aunque la muerta del suelo podría no estar de acuerdo. No, algo se le escapa. Quizás cuando la científica pueda…

BZZZZZZZZ.

«¡Cordelia!»
Morgan saca rápidamente el móvil de su bolsillo, pero se decepciona al ver el nombre de la pantalla: **D. Freeman.**

–¿Qué sucede, Freeman? –responde Morgan al descolgar.

–Towers ha llegado, inspectora. Vamos para allá.

Morgan sale de la habitación con extrema cautela, intentando no tocar absolutamente nada ni pisar donde no debe. Al salir, ve fumando a dos de los agentes de la científica, con las mascarillas ligeramente bajadas por debajo de la barbilla. Con un ademán, les ordena a los tres ponerse manos a la obra, que vayan preparando el equipo y las bolsas de pruebas mientras llega la fotógrafa. No termina de darles la orden cuando Freeman aparece con Hope Towers a su vera. Towers viste una chaqueta de aviador marrón, con algunas chapas de *cartoons* de los ochenta y los noventa que, a ojos de Morgan, no hacen sino denotar su falta de madurez, pantalón corto vaquero y medias de rejilla fina, en los pies, unas botas negras de estilo militar. Pelo cortado al estilo Cleopatra, castaño, y ojos de una negrura profunda que destacan sobre piel, muy blanquecina.

A Morgan, sin duda, no le cae bien. Tal vez es algo injustificado, pero si de algo se puede jactar Morgan Moore es de que con las personas pocas veces se equivoca. «Estás cabreada por lo que ha pasado, eso es todo», Morgan intenta tranquilizarse un poco antes de que el inspector y la fotógrafa lleguen hasta donde se encuentra.

–Inspectora, aquí tiene a Towers –Freeman titubea al mirar a Morgan.

–Inspectora –Towers levanta la cámara de fotos profesional que lleva colgada al cuello–. Si le parece vamos al lío.

«Al lío».

Morgan deja pasar a Towers hacia el interior de la habitación después de que esta haya cogido un par de cubrezapatos que la científica ha dejado en el pasillo al lado de la puerta. Mientras tanto, da indicaciones a Freeman para que se quede vigilando el pasillo. Este, a su vez, le hace saber que el juez de instrucción llegará en unos quince minutos debido a un atasco en la quinta con la novena por un accidente de tráfico. Nada grave, pero las grúas tardarán en mover los vehículos y restaurar el flujo de circulación.

Una vez dentro de la habitación de nuevo, Morgan ve a Towers haciendo fotografías a diestro y siniestro. Al cuerpo, al suelo, a las paredes, a la sangre, al agujero en la pared… Al mismo tiempo, los agentes de la científica comienzan a recoger pruebas de cabello, muestras de los diferentes focos de sangre, a buscar huellas por las superficies, etc.

Los minutos pasan y Morgan simplemente puede esperar y observar. Esa es la peor parte de su trabajo. Esperar y observar. Esperar y observar cómo son otros los que tienen que proporcionarle la arcilla para construir ladrillos. Pero con los años Morgan ha aprendido a ser paciente, aunque eso no signifique que lo odie menos.

–Towers. ¡Towers! –grita Morgan a la fotógrafa que revolotea por la escena como un colibrí–, ¡TOWERS! Deja pasar a la científica, siempre en medio, hostia.

Towers da un respingo y deja salir de la habitación a uno de los agentes con mono blanco, que lleva varias bolsas de pruebas.

–Towers, quiero fotos de todo –recalca Morgan–. No quiero que luego el fiscal del distrito se ponga subidito. Y cuidado con lo que tocas.

–Sí, inspectora Moore –asiente Towers–. ¿Sabemos cómo se llamaba la pobre? –pregunta en referencia al cadáver de la mujer.

–Es cuestión de tiempo. Así como que atrapemos al culpable. Siempre se dejan algo atrás. Siempre hay un rastro.

–¿Quién dio el aviso? –Towers empieza con su típica batería de preguntas que tanto saca de quicio a Morgan.

–El recepcionista –responde Morgan con un suspiro agotado–. Escuchó varios disparos. Tenemos uno en la pared y uno en el cuerpo.

–¿Y no vio huir a nadie del lugar?

–¡A la virgen María, Towers! –Ya era suficiente–. Limítate a hacer las fotos. Deja la investigación a los demás, ¿eh?

–Sí, inspectora. –Towers aparta la vista tras la cámara y echa otra fotografía, deslumbrando a Morgan con el flash.

–Jefa –alerta uno de los agentes de la científica que se encuentra agachado al lado de la cama–, hemos encontrado algo.

El agente saca una pistola de debajo de la cama y la introduce con mucho cuidado en una bolsa de plástico para pruebas. Morgan se la arrebata de las manos al agente y la inspecciona. No puede evitar que una sonrisa salga a relucir en su rostro, casi con malicia. Ahí tiene una prueba, una de las que faltaban. Ahí tiene su rastro. Una pistola modelo *Browning High Power* de 9 milímetros, culpable casi con toda seguridad de la herida en la sien de la difunta y del proyectil alojado en la pared del fondo.

–Estaba bajo la cama, al otro extremo –explica el agente a la inspectora–. El resto de la habitación lo han limpiado con prisas. Rastros de sangre evidentes en dos focos. Y Martínez está sacando muestras del proyectil de la pared.

Las últimas frases apenas llegan a oídos de Morgan, dado que es algo que ya ha podido observar por sus propios medios en su momento de «meditación». No, ahora mismo su interés se centra en lo que tiene entre las manos. Alza la bolsa de pruebas con la pistola por encima de su cabeza, en dirección a la puerta de la habitación.

–Freeman, ¡quiero esto en balística en menos de una hora! –grita al joven inspector en el pasillo–. Quiero saber si es el arma homicida, cuántas veces se ha disparado, y si tiene número de serie registrado.

Freeman alza la mano por encima del cuerpo de Elizabeth Chambers para coger la bolsa, intentando no entrar en la habitación.

«Te tenemos, hijo de puta». No sabe si ha pensado esa frase o la ha dicho en voz alta. No importa, ahora mismo no importa.

–Acaba con esas fotos, Towers –Vuelve a dirigirse a la fotógrafa–. Las quiero en mi mesa a primera hora de la mañana.

–Claro, inspectora –afirma Towers con un hilo de voz casi imperceptible, mientras hace otra fotografía.

Morgan avanza con cuidado hacia el exterior y se quita los cubrezapatos una vez que llega al pasillo. Alcanza a ver a Freeman corriendo por el final del pasillo con la bolsa de la pistola en la mano. Siente un pico de adrenalina corriendo por su cuerpo. Aunque le dura lo justo, hasta que Morgan vuelve a sacar el teléfono móvil para comprobar que no ha recibido ningún mensaje nuevo.

«Maldición».

4

23 de noviembre de 2010 – 19.54 h.
Comisaría de policía de Lost Bay.

«Ahora tengo una ametralladora. Ho-ho-ho».

Richard, Dick, Freeman lleva repitiéndose esa frase en la cabeza toda la tarde. De hecho, llevaba repasando frases de la *Jungla de cristal* toda la maldita semana.

«Yippie kay ya, hijo de puta».

Aunque aún es noviembre, no puede dejar de contar los días para que llegue Nochebuena y regodearse en el plan que tiene preparado. Freeman había ingresado en el Departamento de Policía de Lost Bay apenas dos años atrás, en julio de 2008. Recordaría dos cosas de ese verano: las altas temperaturas y el brillo de la placa con el número 4176 en su pecho tras ser graduado oficialmente agente de policía. Tras eso había pasado un año entero patrullando las calles con Kelly. Su compañero había sido un veterano que marcaba en el calendario los días para su jubilación, todo un viejo lobo del cuerpo. Aunque Kelly Channels había sido un buen instructor, apenas salía de las multas de estacionamiento o por exceso del límite de velocidad. Freeman había interiorizado el mantra de que todo el mundo debe empezar por abajo para llegar a lo más alto, y si eso suponía aguantar a Kelly y sus discursos sobre cómo todo era mejor en los años 70, bienvenido fuese ese mantra. Un año después, justo en julio de 2009, Kelly se retiraba del cuerpo, pero no por jubilación, sino por una herida de bala en la pierna derecha. Lo peor de todo es que ni siquiera había sido una escena espectacular, como a Freeman le habría gustado, pero Kelly lo contaba como si lo fuera. Una noche de principios de verano se encontraban patrullando tranquilamente. Freeman aguantaba uno de los discursos de Kelly, pero en esta ocasión no era sobre los tiempos mejores de antaño, sino sobre los tiempos locos de ahora. Chicos con el pelo pintado de colores y enseñando los *gayumbos* por encima del pantalón, chicas vestidas que parecen sacadas de un videoclip de la cosa esa ruidosa del rap, y personas mayores relegadas a residencias cochambrosas. Evidentemente, Kelly Channels era un hombre de otra época «mejor». Un aviso por la radio destronó a Kelly de su perorata y alertó a Freeman, que conducía hasta entonces por inercia. Alerta de robo en un salón de juego en la calle Fleet. Era la primera alerta real que recibían en meses, así que Freeman aceleró hasta lo imposible para llegar al comercio. Una vez allí, ni siquiera les había dado tiempo a desenfundar el arma cuando el atracador, evidentemente un toxicómano en horas bajas y con más mono que ideas, salió por la puerta y se rindió, bajando el arma con un temblor en la mano izquierda que lo delataba. Tal vez fue el temblor del mono, o tal vez fueron los nervios, pero sea como fuere, el revólver se le disparó. Fue gracias al susto que el yonki tiró el revólver al suelo nada más dispararse, pues de otro modo Freeman está seguro de que habrían tenido que abatirle, ya que el disparo alcanzó a Kelly en la tibia derecha. Pero para Kelly Channels no era un disparo, era su prejubilación, y se iba a ir por todo lo alto.

Freeman esperaba que le asignasen un nuevo compañero del que aprender, y así fue, pero esa asignación vino acompañada de un cambio de departamento. La entereza de Freeman al salvar a su compañero le valió un traslado a Homicidios, bajo la tutela de la inspectora Morgan Moore, la roca del Departamento de Policía de Lost Bay. En los cuatro meses siguientes, Freeman vio más al cuidado de la inspectora Moore que seguramente la mayoría de los agentes de campo que iban y venían constantemente por la comisaría. Y, aunque habían sido unos inicios duros, es devoción y admiración lo que ahora siente por Morgan Moore, aunque está seguro de que el sentimiento no es recíproco.

«9 millones de terroristas en el mundo y se me ocurre cargarme a uno que tiene pie de mujer».

Está claro que el John McClane de Bruce Willis había sido el ídolo de Freeman desde que descubrió *Jungla de cristal*, la primera, la buena. Su padre le regaló la cinta en VHS en 1993, y la vio una y otra vez hasta tal punto que le gastó la banda de lectura. Por suerte para Freeman, años más tarde la consiguió en un espléndido DVD con infinidad de extras y escenas inéditas. Sí, eso sí que era un policía de verdad. Por eso se marchó de su apacible pueblo a las fueras para ir a la academia de policía, y por eso se sintió tan orgulloso en ese mes de julio luciendo su deslumbrante placa en el pecho. Y por eso, ya que el crimen no descansa y este año tampoco podrá visitar a su familia en Nochebuena, Freeman pasará una eufórica noche de sesión cinéfila viendo su película navideña favorita: *Jungla de cristal*.

«Vente a la costa, estaremos juntos y lo pasaremos bien».

Las carpetas que lleva Freeman en las manos salen volando cuando tropieza con una de las sillas de escritorio de la sala.

–¡Freeman, ten cuidado! –le grita la agente Allen, apartando los pies y girando sobre sí misma en la silla.

Si algo impide a Freeman ser como John McClane es, sin duda, que siempre está en las nubes. Se reincorpora tras recoger toda la documentación y vuelve a dirigir sus pasos hacia el despacho de la inspectora Moore. Puede escuchar sus gritos a través de la puerta acristalada, y ni siquiera la cortina de rejilla amortigua un poco el estado de ánimo de la inspectora. Es por eso que Freeman repasa de nuevo toda la información que lleva en los brazos antes de entrar. Sabe que la inspectora Moore lleva varios días sin pasar por casa, y por lo que han podido ver en el Motel Cordial, es casi seguro que seguirá sin ir al menos otros dos días más.

Reconocimiento de la difunta por cotejo en el sistema de huellas dactilares, análisis de sangre, reconstrucción de simbología, y número de registro de la presunta arma homicida hallada en la escena. «Sí, está todo».

Sujeta las carpetas debajo del brazo mientras llama a la puerta ligeramente, lo suficientemente fuerte como para alzarse por el elevado tono de voz de Moore, pero lo suficientemente bajo como para no ganarse un expediente disciplinario.

-¡Pasa! –Moore rebaja un poco el tono al ver entrar a Freeman en la habitación–. Oye, Sophia, te lo vuelvo a repetir. Sé que es tarde, sé que es muy tarde, y sé que llevas días sin dormir. Yo también. Pero necesito la autopsia para mañana. No te pido que te quedes esta noche, pero sí que vengas a primera hora. Te mandaré a Peralta para que te eche una mano, ¿de acuerdo? –Moore se sienta exhausta en su silla detrás del escritorio y se lleva una mano a la cabeza–. Ya, ya sé que no es el único cadáver de la ciudad que ha entrado esta tarde, por eso… De acuerdo, veinticuatro horas. Si es lo más rápido que puedes ofrecerme, lo compro. Gracias, Sophia.

Moore cuelga el teléfono fijo deshaciendo un par de nudos del cable sobre la mesa.

–Dame buenas noticias, Freeman, te lo pido por favor.

–Aquí tiene toda la información que hemos podido cotejar en tan poco tiempo –dice Freeman dejando los documentos frente a Moore sobre la mesa.

–Echémosle un vistazo.

Moore coge la primera de las carpetas en la pila y comienza a ojear el papeleo rápidamente. Freeman sigue pensando frases de la *Jungla de cristal* mientras la observa, aunque su repertorio mental ya ha acabado con la primera entrega y ahora va por la segunda cinta.

«Solo el fax, encanto, solo el fax».

–Ardyan Longbow –musita la inspectora Moore aireando uno de los papeles–. El registro del arma encontrada en el escenario del crimen pertenece a una licencia expedida a nombre de Ardyan Longbow.

Moore hace una pequeña pausa mirando a Freeman fijamente, pero este no sabe qué decir y empieza a balbucear como un crío al que acaban de pillar con las manos en la masa copiando en un examen.

–Longbow… Ardyan… Longbow…

–¿Vas a decirme que aún no has mirado si tenemos un expediente de ese tío? –Moore resopla y comienza a teclear.

«Tac, tac, tac, tac.»

–¡No te lo vas a creer, Freeman! –exclama sorprendida la mujer–. El tipo, Longbow, es detective privado en Detroit. Tiene un pequeño despacho en una zona de mala muerte. Casos de poca envergadura, aunque tiene una buena recomendación en un expediente emitido por el *sheriff* Stockstone, de un pueblecito en el in-

terior, Board Hills, de hace unos cuantos años. No tiene mucho más. ¿Balística ha podido confirmar si los proyectiles de la pared son de la misma arma?

–Sí –afirma Freeman ante una pregunta cuya respuesta por fin conoce–. Sí, son de la misma arma. Fue disparada al menos en dos ocasiones, y el proyectil de la pared es del mismo calibre, así que casi con toda seguridad...

–Si se parece a un pato, anda como un pato y grazna como un pato... Me juego el cuello a que el proyectil que extraerá la doctora Expósito en la autopsia será de la pistola –Moore sigue ojeando el expediente del detective privado en el ordenador–. Freeman, quiero saber qué hacía la pistola de este Longbow en mi escena del crimen, y quiero saber por qué no estaba él en esa habitación.

La inspectora Moore gira la pantalla del ordenador para mostrarle al agente Freeman la dirección del despacho del detective privado Longbow que reza en la ficha de la base de datos policial, para inmediatamente ordenarle que envíe a la patrulla de Hawkins y Collins a inspeccionar el lugar, por si hubiera algo interesante.

–Ya me encargaré yo de llamar a la jefatura de policía de Detroit para informar de que vamos con un caso propio, así evitaremos que se cuelguen la medalla al final –explica la inspectora Moore con un gesto de disgusto.

Freeman anota todo a la mayor velocidad posible intentando no perder detalle, mientras Morgan Moore vuelve a la pila de documentos en su escritorio. Freeman no puede evitar pensar en que ese sí es un auténtico trabajo policial, y quizás no descolgarse con un cable desde la terraza de una azotea unos veinte pisos. Durante este tiempo ha aprendido más con la inspectora Moore que en toda su instrucción en la academia y, que Kelly le perdone, con su antiguo compañero de coche patrulla.

–Veamos el auténtico nombre de Elizabeth Chambers, nuestra difunta en circunstancias sospechosas... –Moore pasa las páginas del informe que tiene en sus manos de forma ávida–. ¡Ajá! Juliet Phillips.

Si algo maravilla a la inspectora Moore, según Freeman había podido ver durante todo este año, es encontrarse con un dato inequívoco e irrefutable. En el caso de las huellas dactilares así era, pues no hay dos personas con las mismas huellas dactilares. «Son como los copos de nieve, no hay dos iguales» le había confesado la inspectora Moore en más de una ocasión, la última de ellas al cotejar las huellas localizadas en el cuchillo de carnicero del asesino de la calle Factory meses atrás con el posteriormente confeso culpable. En este caso, las huellas de la mujer, ahora de nombre Juliet Phillips, estaban por toda la habitación, incluso en la propia arma homicida, como el departamento científico reflejó en el informe que la inspectora Moore lee ahora apasionadamente.

Tanto Freeman como la inspectora llegan a la clara conclusión de que la víctima, Juliet Phillips, debió forcejear con su asesino, hasta ahora el sospechoso número uno: el detective Ardyan Longbow.

–Tenemos el arma, tenemos a la víctima, y tenemos al sospechoso principal –dice Moore pasando de tener una sonrisa de oreja a oreja a una ceja enarcada–. Nos falta descubrir el móvil. ¿Algo en la analítica de sangre? ¿Tóxicos?

Freeman le responde a la inspectora que puede leer el resultado varias páginas más adelante, pero ya la advierte de que es totalmente negativo tanto en alcohol como drogas. Pasase lo que pasase en esa habitación, fue de forma totalmente consciente.

–Las muestras de sangre localizadas en los dos focos muestran que una de ellas pertenecía a la víctima –continúa Freeman–. La sangre del segundo foco no concuerda y aún está por determinar.

–Me apuesto el salario de un mes a que adivino a quién pertenece.

Moore vuelve a pasar al ordenador e introduce el nombre de la difunta

«Tac, tac, tac, tac.»

Moore se lleva una mano a la barbilla y anuncia con una grave maldición a Freeman que el resultado es negativo.

«¡No es McClane, es Genaro!»

¿Por qué ha saltado directamente a *La Jungla 4.0*? Aún tiene que repasar las frases de la tercera cinta. Freeman rumia en su mente este pensamiento intrusivo y, entonces, cae en la cuenta como un rayo que golpea un árbol en mitad del desierto.

–Podría buscar por historial. Tal vez Phillips es nombre de casada –sugiere mientras Moore le dedica una mirada de duda–. Si coteja las huellas dactilares con la base de datos histórica municipal, tal vez encontremos algo.

Moore no responde ni afirmativa ni negativamente, simplemente teclea de nuevo, concentrada, haciendo sonar las teclas igual que un elefante pasa por una cristalería. La inspectora vuelve a girarse para encarar la pila de documentos de la mesa mientras murmura que la búsqueda tardará un poco.

–¿Dónde están las fotos? –pregunta Moore, exaltada.

–Towers aún no las ha volcado en el sistema –responde Freeman con temor. Sabía que le faltaba alguna cosa, maldita sea–. Se marchó pocos minutos después que usted, dejamos a la científica trabajar en paz.

–¿Y se marchó a dónde exactamente? Quiero esas fotos en el sistema lo antes posible, Freeman.

«Malditos externos». Freeman alcanza a oír el murmullo de la inspectora mientras vuelve a balbucear ante no saber qué responder. No era un secreto que a la inspectora Moore no le gustaba trabajar con externos, pero el caso de Hope Towers, la fotógrafa forense «oficial» del cuerpo de Lost Bay desde hacía unos años, era algo excepcional.

La rivalidad que mantenía la inspectora Moore con Towers era algo casi legendario, aunque Towers, la chica, no diese muestras de ello en ninguna ocasión, pues siempre trataba con el debido respeto y diligencia toda tarea que le encomendase la inspectora, aunque es cierto que en ocasiones desaparecía o costaba dar con ella. Pero eso es algo bastante lógico, al menos con los externos, piensa Freeman. En alguna ocasión le había preguntado a la inspectora Moore por qué no contrataban a jornada completa a alguien en el cuerpo, a lo que siempre le respondía que era una cuestión que quedaba por encima de su cargo, para su desgracia.

Supone que en una localidad tan pequeña como Lost Bay no hay tantos fotógrafos que desean pasarse los días entre cadáveres, locales incendiados, coches totalmente destrozados en la carretera… No puede culparlos. Aunque Hope Towers parecía la excepción que confirma la regla. Freeman había entablado conversación con la joven en una ocasión al salir de un escenario del crimen, hace año y medio, cuando aún compartía patrulla con el agente Kelly Channels. Habían llevado a cabo una redada en un almacén en los muelles de la ciudad, donde el volumen de lo incautado era mayor que lo que la propia comisaría de Lost Bay podía albergar. Debían trasladar todas las armas y la droga a un almacén en Detroit, pero necesitaban fotografiar y etiquetar todo para comenzar con la cadena de custodia. Llevó varias horas, pero finalmente pudieron inventariar todo y Towers realizó un trabajo fotográfico de una calidad suprema. En ese momento, al crepúsculo de la noche, Freeman se había acercado a la fotógrafa para iniciar una agradable conversación. Por suerte para el agente, Towers se dejó agasajar y, mientras compartían una cerveza bien fría en uno de los pubs preferidos de la fotógrafa, esta le confesó que había intentado pasar las pruebas de ingreso en el cuerpo en más de una ocasión, con nefasto resultado. No había sido llamada por el mundo de lo físico y el ejercicio, a pesar de su buena figura, por lo que decidió potenciar aquello en lo que sí era realmente buena, la fotografía. Para infortunio de Freeman, la noche terminó con Towers tomando un taxi de regreso a su casa, aunque con el recuerdo de una noche bastante agradable. Poco tiempo después, al quedar bajo la tutela de la inspectora Moore, su aura de desprecio hacia Towers pareció extenderse a él y, aunque tanto el agente como la fotógrafa seguían trabajando codo con codo y con una sonrisa, jamás hasta la fecha, habían vuelto a compartir una cerveza.

–¿Qué hay del símbolo que tenía la difunta en el antebrazo derecho? –pregunta Moore sin dejar de mirar a Freeman, que parece ido rememorando esa única cita con Hope Towers.

-Los de simbología no han podido relacionarlo con nada todavía, pero siguen trabajando en ello. Esperan tener resultados a la mayor…
DING.

Tanto Freeman como Moore se giran de nuevo hacia el ordenador. En ese momento, Freeman aprecia en la cara de Moore una expresión que juraría no haber visto en todo el año que lleva a su lado.

-¡Freeman, ahora mismo podría besarte! –Moore gira de nuevo la pantalla del ordenador y deja ver a Freeman una ficha donde aparece una pequeña fotografía de Juliet Phillips arriba a la izquierda.

La ficha recoge las huellas dactilares de la mujer, de nuevo de nombre Juliet Phillips, si bien abajo pone otra cosa: Juliet Gibbons. Su nombre de soltera.

Moore extiende los brazos hacia arriba en señal de éxito desmedido, seguidamente vuelve a agarrar el ratón como si se fuese a escapar y sigue leyendo.

–Juliet Gibbons, natural de Detroit, nacida en 1961. Casada en 1991 con Andrew Phillips, fallecido en 2008 de cáncer de pulmón. Una hija, Emilia Phillips. De profesión, administrativa en el centro educativo Charles L. Spain Elementary-Middle School. Madre, Nora Gibbons, fallecida en 2004 por causas naturales. Padre, Alexander Gibbons, fallecido en 1977, en circunstancias violentas.

Freeman se percata de que la voz de Moore se apaga lentamente al llegar a la parte de los padres de Phillips, antes Gibbons, y deja escapar un «Vaya, vaya» antes de proseguir.

«Tac, tac, tac, tac.»

«Yo a St. Ives iba y conocía a un hombre que tenía 7 mujeres. Cada mujer tenía 7 sacos, cada saco tenía 7 gatos, cada gato tenía 7 gatitos. Gatitos, gatos, mujeres y sacos… ¿Cuántos a St. Ives iban?»

Freeman adora ese acertijo de *Jungla de cristal: La venganza*. Ahora sí, había pasado a la tercera película, después del pequeño lapsus cronológico.

Moore arranca a hablar de nuevo para contarle que el padre de Juliet, Alexander Gibbons, falleció al caer de la ventana de un noveno piso, espachurrado contra un patio interior del edificio. En el informe, elaborado por un tal sargento Mignola, se declara la muerte como suicidio, aunque las circunstancias distan de ser naturales, sin especificar mucho más. El agente Kelly decía que antes los tiempos eran mejores, pero sin duda eran más desordenados. Moore sigue su lectura con los abajo firmantes sargento Mignola, bajo supervisión del mismísimo comisario Doyle, ambos del departamento policial de Detroit. Un simple teclear de Moore la lleva hasta la información del fallecimiento del antiguo comisario Doyle tras su retiro hace décadas. De igual manera, el entonces sargento Mignola fue ascendiendo poco a poco hasta llegar a comisario y posteriormente se retiró en el año 2001. Una búsqueda un poco más a fondo revela a la inspectora Moore el domicilio actual del retirado comisario Victor Mignola.

–Creo que debería hacerle una visita al comisario Mignola, a ver si puede aclararme algo más acerca de esas «extrañas circunstancias» en las que falleció el padre de nuestra mujer –indica Moore sin apartar los ojos de la pantalla.

–¿Cree que puede tener relación con nuestro caso? –pregunta Freeman con un deje de duda–. Han pasado décadas.

–Tal vez no, pero merece la pena aclararlo mientras esperamos el informe de la autopsia… y el de simbología… y a que Hawkins y Collins nos digan algo desde el despacho de este Longbow…

–Puedo ir yo a hablar con el señor Mignola si quiere quedarse y esperar a los…

–No, por Dios, Freeman. No –Moore se levanta de la silla llevándose una mano a la espalda, dolorida–. Si hay algo que odio realmente en este mundo es esperar sin hacer nada.

La mujer se dirige hacia la bandera estadounidense en la esquina opuesta del despacho, donde Freeman se percata de que su superior ha colgado uno de sus característicos abrigos. Algunos podrían pensar que ese acto es totalmente antipatriótico, pero a lo largo del último año Freeman ha llegado a conocer lo suficiente a la inspectora Moore como para saber que ella no ve el mundo como los demás, sino que es capaz de percibir únicamente su esencia. Donde algunos ven un coche, ella ve un cubo metálico que la permite ir de un lado a otro. Donde unos ven un símbolo de bravura y de esperanza, Morgan Moore solamente ve un palo donde colgar sus pertenencias.

–Asegúrate tú de estar atento a todo, hazme el favor. Volveré tan pronto como pueda. Cierra al salir.

Moore agarra el pomo de la puerta del despacho mientras se cala del todo su abrigo gris a rayas. Durante un segundo, a Freeman le parece que la inspectora se ha congelado en el tiempo. Un segundo más tarde, la mano izquierda de Morgan Moore saca muy lentamente de uno de los bolsillos de su abrigo un teléfono móvil. Moore se le queda mirando fijamente, sin decir ni hacer nada. En ese momento, a Dick Freeman le parece ver un atisbo de otra expresión en la cara de Moore que no le ha visto durante un año. Que se lo lleve el demonio si no es preocupación. Y conocía lo suficiente a la inspectora Moore como para saber que, si ella estaba preocupada, todos debían tener motivos para estarlo.

–¿Todo bien, inspectora? –le pregunta Freeman con voz temblorosa.

–Sí, sí –responde Moore guardando de nuevo el móvil en el abrigo–. Asuntos personales sin resolver.

Moore, sin decir una sola palabra más, sale por la puerta del despacho, dejando a Freeman en una completa soledad.

«¿Sabes lo que te dan por ser un héroe? Nada. Te disparan, luego una palmadita en la espalda, blah, blah, blah. Sí, buen chico. Te divorcias, tu exmujer no se acuerda ni de tu apellido, tus hijos no quieren hablarte, desayunas muchas veces solo. Hazme caso, nadie desea eso.»

Eso sí es un policía de los de verdad.

5

23 de noviembre de 2010 – 21.29 h.
Domicilio del excomisario Victor Mignola.

Susan Fitzpatrick acerca un poco hacia sí la bandeja donde, desde hace una media hora aproximadamente, reposa una suculenta tarta de manzana. Normalmente, la deja reposar un poco más, pero cree que es el momento justo para servirla, ya que Victor ha puesto «esa cara». La tarta de manzana es una de las especialidades en la cocina de la señora Fitzpatrick, le viene heredado en la sangre. A pesar de lo que mucha gente cree, especialmente por culpa del cine, esa tarta de manzana, esa que ves a la pobre y vieja Molly colocar en el alféizar de la ventana mientras un perro al que se le salen los ojos tras olfatearla y trama un ardid para hacerse con el postre en una película animada de Disney, esa tarta de manzana es de origen irlandés. Y Susan está segura de que es uno de los motivos por los cuales Victor se enamoró de ella hace ya casi cuarenta años. Pensar en eso la lleva a la segunda cuestión. «Esa cara». En cuatro años de noviazgo y treinta y seis de matrimonio, Susan había visto a Victor Mignola poner «esa cara» tan solo en dos ocasiones. La primera fue en la primavera de 1974. Victor había sido ascendido a sargento en el cuerpo policial de Detroit apenas tres meses antes, pero eso le había dado la confianza necesaria y la estabilidad suficiente como para pedir en matrimonio a la entrañable Susan Fitzpatrick, quien a su vez ostentaba el cargo de telefonista en una empresa de telefonía en auge. Susan soñaba con ese día desde hacía un par de años, y siempre se preguntaba cuándo el intachable Victor Mignola, hasta entonces un agente raso, hincaría la rodilla. El chico bromeaba con eso cada dos por tres, fingiendo que se agachaba para en realidad atarse los cordones de los zapatos, o recoger algo del suelo. Pero la realidad era que ese pensamiento llevaba rumiando en la cabeza de Victor bastante tiempo. Al contrario que Susan, quien es más alocada, o lo era en sus tiempos mozos, Victor era un tipo más seguro de sí mismo, pero al que le gustaba tener todo bien organizado y atado. Una de esas personas que se esfuerzan en analizar cada escenario antes de que ocurra, con todas y cada una de sus variables. Una vez que fue ascendido a sargento, lo cual conllevó un notable emolumento económico, el pensamiento salió de la cabeza de Victor para volverse una realidad. Fue estando en un bonito restaurante, uno de esos en los que el propio papel del ticket de la cuenta vale más de lo que puedas llegar a comer en toda una noche, cuando Victor finalmente se arrodilló en el suelo y pidió a Susan en matrimonio, seguido de aplausos y chiflidos de gran parte del restaurante y un abrazo que para ambos pareció extenderse durante horas. «Esa es la parte bonita», recuerda Susan, pues mientras Victor se encontraba arrodillado, su expresión era de puro terror y vulnerabilidad. Balbuceaba y temblaba como un flan, y Susan tuvo que interpretar más de la mitad del mensaje hasta que dio el «sí, quiero». Pero eso es lo que convierte realmente al momento en algo especial, uno de los más especiales en toda su relación, y en sus treinta y seis años de matrimonio posterior.

La segunda vez que Susan vio esa cara de terror fue en el invierno de 1983, nueve años más tarde. Victor ya había sido ascendido a capitán dentro del cuerpo; en realidad, apenas había podido disfrutar del estatus de teniente unos meses atrás, pues una redada que terminó con una red de trata de personas en los locales más recónditos de la ciudad le había catapultado. Tras ello, siguieron un par de años como capitán, en los que Victor había puesto en práctica toda esa manía suya de organización impecable con los agentes e inspectores a su cargo. Y entonces, en una noche en la que el viento golpeaba las ventanas con violencia y la nieve se amontonaba en los tejados de las casas del vecindario, sucedió. Esa noche Susan había hecho también su deliciosa tarta de manzana, en lo que a día de hoy considera como «una providencia», y la estaba colocando sobre la mesa del comedor, cuando la puerta de la casa se abrió lentamente. La figura que había tras la puerta raramente podría haberse identificado como Victor, pues el pobre hombre estaba totalmente pálido, como si un vampiro le hubiese succionado cada gota de sangre y hubiese dejado poco más que una cáscara vacía. Sin decir palabra, Victor caminó con pasos lentos hasta sentarse en una de las sillas del comedor, y fue entonces cuando Susan volvió a ver «esa cara». Tras preguntarle qué le pasaba, Victor soltó una lágrima que le corrió lentamente por la mejilla, sin saber si era de miedo o de felicidad, o tal vez las dos juntas. El comisario Doyle se retiraría en poco más de un mes, y habían concordado que Victor sería el siguiente comisario del Distrito 12 del Departamento Policial de la ciudad de Detroit. Susan arrancó a llorar, porque sabía lo que eso significaba para Victor.

La tercera vez que Susan vio «esa cara» en su marido ha sido apenas diez minutos atrás, cuando una mujer negra y bastante alta que se ha presentado como la inspectora Morgan Moore, de Lost Bay, ha llamado a la puerta de su casa y ha mencionado un nombre. «Alexander Gibbons». Susan no tiene ni idea de quién es ese Gibbons, pero si Victor ha puesto esa cara, sin duda, debe de ser algo bastante serio.

La apacible Susan reaparece en el salón con dos platos pequeños, cada uno con su correspondiente trozo de tarta de manzana y una cucharilla, y coloca uno frente a su marido y el otro frente a su invitada. Cuando coloca los platos ve sobre la mesa una serie de informes, documentos y dibujos que para ella no tienen ningún sentido. Entre ellos puede llegar a distinguir una fotografía de una mujer, de unos cincuenta años, de pelo castaño tirando a pelirrojo.

–... y por eso, comisario Mignola, pensamos que es de vital importancia conocer los detalles de su investigación sobre el fallecimiento de Alexander Gibbons en los años setenta –dice la inspectora Moore, mientras se lleva un trozo de la tarta de manzana a la boca.

–Puede ahorrarse el «comisario», inspectora, llevo casi una década retirado. Ahora solo soy el señor Mignola, sin más –dice el hombre–. Sí… recuerdo el caso de Alexander Gibbons. Recuerdo que fue uno de esos casos que hizo tambalearse el cuerpo policial entero durante una temporada.

Susan se sienta en una mecedora al lado del sillón de su marido y se limita a ver, oír y callar. En otras circunstancias habría dejado solo a Víctor, o incluso éste le habría pedido que se marchase para no tener que ver unas evidencias criminales tan grotescas, pero esta no es una de esas ocasiones. Victor coge uno de los papeles y lo señala con la otra mano de forma acusatoria.

–Todo comenzó con este símbolo, el que dice usted que tiene su víctima tatuado en el brazo. Alexander Gibbons era un tipo respetable, un banquero bien avenido, con un estilo de vida elitista, a pesar de residir en una zona bastante humilde por aquel entonces. Un día, la limpiadora del edificio estaba fregando en un patio interior, cuando el cuerpo del señor Gibbons cayó desde un noveno piso como si fuese un bloque de heno que cae a toda velocidad. Acabó totalmente reventado contra el suelo. ¡Oh, lo siento, Susan!

Susan se lleva una mano a la boca intentando reprimir sus impulsos. No soporta esos detalles tan gore y sangrientos, no son nada decentes. En sus muchos años de matrimonio, Victor había tenido incontables ocasiones para comentar con su mujer cuantos detalles de investigaciones macabras hubiese querido, pero sabía que Susan no podía soportarlos, por lo que siempre se limitaba a narrarle aquellos casos relacionados con fraudes fiscales, robos, incendios, y demás crímenes no violentos. De nuevo, en cualquier otra ocasión Susan se habría marchado decidida, pero ahora hace más bien en esa mecedora que en cualquier otro lugar de la casa, así que hace un ademán con la mano para indicar que está bien, por lo que Victor y la inspectora reanudan la conversación.

–El señor Gibbons tenía pintado en el pecho este mismo símbolo, con sangre. Con su sangre.

–¿Hubo algún sospechoso inicial? –pregunta la inspectora Moore dejando el plato con ya apenas unas migajas de la tarta de manzana sobre la mesa.

–Interrogamos a la mujer y a la hija de Gibbons, creo que se llamaban Noa y...

–Juliet –interrumpe la inspectora–. Nora y Juliet, no Noa.

Victor Mignola asiente tras caer en la cuenta, dándose una tremenda palmada en la parte alta de la cabeza, para posteriormente explicarle a la inspectora que tanto la mujer como la hija del señor Gibbons quedaron descartadas de la investigación casi al inicio. «Estaban tan limpias como podían estarlo entonces». Sin embargo, la contestación de la oficial de policía deja boquiabierta a Susan cuando le indica a su marido que la mujer fallecida de su caso actual, la mujer de unos cincuenta de pelo castaño, resulta ser la hija de Alexander Gibbons. «Por eso ha venido a molestar a Victor a estas horas» piensa Susan tras recostarse un poco más en la mecedora.

–¿Cuál fue el resultado de la investigación, comisario?

–¿A efectos oficiales? Un simple suicidio. Tal vez exceso de trabajo, estrés, ansiedad, la promesa de una vida mejor que nunca llegó... –explica Victor dejando el dibujo sobre la mesa y mirando el resto de los documentos por encima–. ¿Extraoficialmente? Un asesinato.

–Asesinado –afirma la inspectora–. ¿Por quién?

–Nunca llegó a descubrirse –se lamenta el excomisario–, pero teníamos a una gran cantidad de sospechosos. A toda una secta, en realidad. No recuerdo exactamente el nombre, pero el experto los llamaba «la gente del miedo». Pero nunca llegamos a ponerle un nombre y un apellido al asesino de Alexander Gibbons. Eso destrozó al comisario Doyle... eso y la desaparición. El pobre comisario Doyle.

– ¿Quién era el experto, comisario? ¿Era del cuerpo? –La inspectora Moore pone las manos sobre la mesa, como un animal que espera impaciente a que su presa de caza pique el anzuelo para lanzarse al cuello y no soltar.

–No, era un externo. Vino recomendado por un conocido de un capitán o un teniente, no lo recuerdo, que trabajaba en la biblioteca pública –Victor se lleva una mano a la barbilla y se la acaricia como si la estuviese acicalando, a pesar de no tener ni un solo pelo en ella–. Carl Alary, el doctor Carl Alary. Jamás olvidaré ese nombre.

–¿Él llevaba la iniciativa de la investigación?

–No, en absoluto. Alary estaba demasiado verde aún, no –Victor sube un poco más la mano hasta quitarse las pequeñas gafas redondeadas y apretarse los ojos, como si le doliese estar recordando todo aquello–. Para ello contamos con «el especialista». Un grano en el culo del departamento. Nadie lo soportaba, aunque yo aún no había tratado con él hasta el caso de Gibbons, pero había oído historias. Ya sabe, de esas historias que normalmente se exageran. Pero en esta ocasión no exageraban, «el especialista» era exactamente como me lo habían pintado… y resultó ser el mejor.

Una media sonrisa asoma por el labio de Victor, algo que Susan también le había visto hacer en contadas ocasiones. No es que su marido no fuese un hombre divertido, pero rara vez mostraba una sonrisa auténtica. Eso había que ganárselo.

–¿Cómo se llama ese «especialista»? –pregunta la inspectora Moore sacando un pequeño cuaderno de su chaqueta–. Tal vez pueda hablar con él.

–No lo creo –La media sonrisa desaparece de la cara de Victor Mignola y ésta se torna bastante más sombría–. Al final de su investigación, el «especialista» desapareció. Algunos dijeron que había muerto, otros que simplemente se lo había tragado la tierra, e incluso hubo quien dijo que esta «gente del miedo» lo había despedazado y que se lo habían comido. Si murió, no encontramos su cadáver; si desapareció, nunca supimos el por qué; y si se lo comieron… bueno. Howard… Howard Longbow, tampoco olvidaré nunca ese nombre.

En ese momento Susan ve cómo la inspectora Moore da un ligero respingo en su asiento, y entonces apercibe en ella «esa cara».

–Perdone, comisario –Moore recobra un poco la compostura perdida y vuelve a inclinarse hacia delante–. ¿Ha dicho Longbow?

Victor asiente y repite ese nombre. «Howard Longbow». Susan no puede evitar preguntarse qué tiene ese nombre de especial, pero tras años y años viendo a su marido, un policía de los pies a la cabeza, decente, sabe que la inspectora Moore ya ha obtenido más de lo que esperaba conseguir con su visita a los Mignola. Aparte de comerse un delicioso trozo de su tarta de manzana.

Entonces la inspectora Moore pregunta a Victor qué salió mal, en qué punto exacto la investigación se torció hasta desechar todo cuanto habían investigado. Victor parecía derrotado, como si esa pregunta reabriese una herida que hacía mucho tiempo que no le molestaba, pero que sabía perfectamente que no había curado. El anciano Victor Mignola, de setenta años ahora, se explaya como en una sesión de psicoterapia y deja salir la que quizás fue la única mancha en su expediente durante su actividad policial, a pesar de ser algo que, a día de hoy, solamente él sabe. Susan ve cómo su marido siente una liberación y una paz que hasta ahora desconocía que necesitaba, mientras le cuenta a su colega lo sucedido.

–Longbow y Alary visitaron a un tipo, un loco en una institución mental, Milton Finch. Había pertenecido a esta «gente del miedo», pero incluso para ellos era un fanático, un zumbado, así que puede hacerse una idea de la clase de persona que era. Y por eso esa conversación se mantuvo por ellos dos como algo «extraoficial» –Victor mira de reojo a Moore, dando a entender más de lo que dicen sus palabras–. Gracias a este Finch, según me dijo después Alary, y a no sé qué escritos sagrados, Longbow rastreó a la secta hasta una iglesia, Saint algo. Lo siento, soy muy malo para los nombres.

–Sí que lo es –interviene Susan como un resorte, sin pretenderlo, totalmente metida en la conversación–. Lo siento.

–Alary nos dio el aviso de que los habían localizado, pero Longbow decidió entrar él solo, sin esperar a nadie. No sé qué pretendía conseguir, la verdad, pero el comisario Doyle se puso como loco al enterarse. Alary fue la última persona que vio al «especialista».

– ¿Y acudieron a la iglesia?

– ¡Oh, sí! –responde Victor de forma tajante–. Todo un asalto. Casi una veintena de hombres, todo autorizado de forma exprés por el juez de guardia en base a un informe previo que Longbow le había presentado. Entramos en la iglesia por donde Alary nos había indicado, y dimos con unas catacumbas donde esta secta organizaba sus reuniones, sus ritos, o lo que diablos hiciesen allí abajo. Opusieron resistencia, por supuesto. En el caos algunos lograron escapar, pero conseguimos detener a unas cuantas decenas de personas.

–No lo entiendo –dice Moore echándose aún más hacia adelante–. ¿Y por qué no hay registro de nada de esto? ¿Por qué está archivado el caso de Gibbons como suicidio?

El estado de pleitesía abandona de nuevo a Victor, mientras le explica a la inspectora que el juez encargado de procesar el caso lo desestimó por falta de pruebas y por estar basado en el informe de un tercero, desaparecido y que no podrá ratificar el documento en caso de ser necesario. «Una investigación vacía, perdida en el tiempo».

–El «especialista» era un tipo con un ego desmesurado, por eso era tan bueno –continúa Victor–. Sabía quién era el asesino de Gibbons, pero se llevó el secreto consigo cuando desapareció. Aún con las pruebas presentes, nos obligaron a cerrar la investigación. Y no tengo pruebas, pero tampoco dudas, de que todo fue culpa de ese tipo, Trevor Austin, el Prior.

–¿Quién es Trevor Austin? –pregunta la inspectora.

–¡Un loco, otro fanático! –Victor vuelve a encenderse con ese furor interno–. Milton Finch lo apuntó directamente como el promotor de que la secta lo expulsase. Fue uno de los pocos que pudimos identificar tras la redada en la iglesia. Y tenía contactos, contactos muy influyentes, ya sabe a lo que me refiero. En menos de setenta y dos horas todos los detenidos en la iglesia fueron liberados. ¿El motivo? Profesar una creencia religiosa en un espacio habilitado para ello no es constitutivo de delito, aunque tu creencia sea el fin del mundo. El símbolo en el pecho de Alexander Gibbons no era indicativo de nada, podría haberlo hecho cualquier ajeno a la secta. Y las palabras de un deficiente mental como Finch no tienen validez ninguna ante un juez. Caso cerrado. Punto y final.

Susan se percata de cómo Victor deja el plato de la tarta de manzana sobre la mesa con un deje de fuerza más elevado de lo normal, haciendo tambalear la cucharilla sobre la superficie. Ahí estaba el motivo de «esa cara», y no era de tristeza o miedo como en las otras ocasiones, sino de pura frustración.

Moore se disculpa ante sus anfitriones y camina hacia el pasillo principal, apartándose un poco. Susan recoge rápidamente los platos, mientras deja a Victor en su sillón frotándose de nuevo los ojos, como quien acaba de hacer un enorme esfuerzo mental. Deja los platos en la mesita de la cocina y se acerca ligeramente a la puerta del pasillo, sin dejarse notar. Es entonces cuando escucha a la inspectora hablando por teléfono, y alcanza a oír cómo le pide a un tal Freeman o Feldman que compruebe la dirección de Trevor Austin. Ahí lo tenía, incluso jubilado, su Victor era el mejor policía de todo el cuerpo de Detroit.

Minutos más tarde acompañan a la inspectora Moore a la puerta del domicilio, de nuevo con sus carpetas debajo del brazo y agradeciéndoles a ambos su tiempo. Susan le da entonces un beso a su marido, quien regresa a la sala de estar a escuchar un poco la radio antes de irse a dormir. A su vez, Susan camina de vuelta a la cocina y acerca nuevamente la bandeja con la tarta de manzana, a la que ahora le falta un buen trozo, y retira el trapo que la protege. Corta un pequeño trozo de la tarta y se lo lleva a la boca, permitiéndose el lujo de disfrutarlo lentamente, pues sabe que la tarta hoy ha vuelto a hacer su trabajo.

6

Dick Freeman sujeta con fuerza el expediente que ha sacado de la central apenas una hora antes. El asiento del copiloto donde va sentado se tambalea como si fuese el vagón chirriante de una montaña rusa mal ensamblada. Su mano derecha sube instintivamente hasta encontrar con los dedos el asa de seguridad sobre la ventanilla, pero no la encuentra.

–Inspectora, ¿de qué año es este coche? –pregunta Freeman tragando saliva mientras su mano ahora se aferra al propio asiento.

–Es un clásico, Freeman –contesta Morgan Moore sin soltar el volante y mirando fijamente a la carretera.

–Y… para ser un clásico, ¿no debería ir algo más lento? –Freeman tampoco deja de mirar la carretera, pero con absoluto pavor. Había pasado meses destinado en tráfico, y nunca antes había sentido esta sensación de velocidad irrefrenable, como si el destino final del vehículo fuese estamparse contra un muro invisible de ladrillos para comprobar su resistencia.

–No voy tan rápido, Freeman, no seas quejica.

–Tiene razón, inspectora, creo que aún no ha llegado a la velocidad de un coche de Fórmula 1, todavía podría pisarle más.

–¿Por qué no haces algo útil y vuelves a leerme el expediente? –El efecto Doppler al pasar por al lado de un camión de mercancías hace que Freeman exhale un «Dios» justo antes de apartar la vista de la carretera hacia la carpeta de su mano izquierda. «Si no lo veo, no hay peligro», piensa para sí mismo.

Sin dejar de sujetarse al asiento con la mano derecha, Freeman pasa la primera página del expediente. No tiene fotografía, algo poco habitual. Aun así, Freeman comienza a leer el informe que la siempre dispuesta Carla del archivo municipal ha recopilado para él en tiempo récord. «Podría pedirle salir algún día, quizás», había pensado Freeman cuando ésta le había entregado la documentación con una sonrisa. Ahora piensa en un añadido a esa frase mientras circulan a toda velocidad: «Si sobrevivo».

–Trevor Austin, nacido en Montgomery, Alabama, en 1932. No sabemos en qué momento exacto se mudó a Detroit, los registros no llegan tan atrás en el tiempo, pero ha sido su residencia durante al menos los últimos cuarenta años –Freeman lee el informe, distrayendo su atención de la conducción temeraria–. ¿No debería aminorar un poco, inspectora? Quiero decir, el tipo no va a escaparse, no sabe que vamos a verle.

–No estoy tan segura –dice Moore esquivando otros dos coches–. Sigue leyendo.

–Sí. Viudo desde hace doce años, sin descendientes ni allegados conocidos. Jubilado desde hace diez años. Era accionista de varias empresas y formaba parte de la junta directiva de otras tantas, el tipo no sabe lo que es trabajar con las manos. Hace veinte años estuvo metido en política, durante la alcaldía de Coleman Young. Estuvo en la oposición, pero eso no le impidió mover algunos hilos y codearse con altos cargos.

–¿Antecedentes? –pregunta Moore.

–Delito doméstico en el 87. Pero adivine, caso sobreseído. Sus influencias parece que se remontan incluso a antes de su papel político.

–¿No hay nada más? –Moore mira con el ceño fruncido a Freeman, desairada.

–La carretera, inspectora… la carre… ¡Dios bendito! –Freeman se agarra aún más fuerte al asiento y reza para no arrancar un pedazo del mismo y destrozarle el coche a la inspectora Moore–. No, no hay más información sobre Austin. Está limpio, dentro de lo que cabe.

–Mierda. –Moore vuelve a mirar hacia la carretera–. ¿Y la detención que te dije? La del 77, la de la redada de Mignola. O algo del culto que me mencionó.

–Nada de nada, no consta en el expediente –Freeman relaja un poco la mano y vuelve a centrarse en el dosier que tiene en las rodillas–. Quien fuese se aseguró de que no quedase registro alguno.

Freeman puede escuchar cómo la inspectora Moore se descarga susurrando un par de improperios más y vuelve a centrarse en no estrellarse contra los vehículos que adelanta, cuyos conductores les felicitan con sonoros pitidos de claxon y algún que otro «agradable» calificativo no apto para menores. Seguramente no lo harían si llevasen la sirena puesta, pero la inspectora Moore es partidaria de no alertar de su llegada nunca, para «pillar a los malos desprevenidos», aunque eso cueste la vida.

«¿Crees que un atasco, o lanzarme un coche me va a parar, eh?».

Dieciséis minutos más tarde, Morgan Moore estaciona el coche frente a una casa con amplio jardín en la zona de Bloomfield Hills. La casa goza de un estado impecable. La pintura es de un color blanco roto reluciente, el techado está en orden, el jardín cortado y repasado, el buzón erigido con majestuosidad, y ondeando al viento en el porche de madera principal de dos escalones hay una gran bandera americana. La planta baja parece totalmente desierta, pero Freeman y Moore alcanzan a ver la luz encendida de una de las habitaciones de la planta superior, «seguramente el dormitorio principal», sospecha Moore.

Ambos bajan del vehículo intentando pasar lo más desapercibidos posible, aunque dada su apariencia y su postura no resulta fácil. Una mujer negra, segura de sí misma, con gabardina y pelo revuelto, con dos días de sueño atrasado, y un chaval caucásico que no llega a los treinta, repeinado y con la camisa metida por dentro de los pantalones y chaqueta de ante. No, no resulta fácil en este entorno, y menos a esas horas de la noche. Pero, aun así, consiguen llegar hasta la puerta de la casa sin que ningún vecino mirón y cotilla se asome a inspeccionar y velar por la integridad de su barrio.

–Bien, el plan es sencillo, Freeman –dice Moore mirándolo fijamente–. Llamamos, el tipo nos abre, ponemos la excusa de que estamos comprobando la zona por unos supuestos robos. Cuando nos deje entrar, déjame hablar a mí, tú simplemente buscas por la casa a ver si…

Freeman se queda mirando a la inspectora, que observa detenidamente la puerta de la casa. Se ha quedado muda. A Freeman le recuerda a esa sensación cuando estás en una habitación de la casa y vas a otra habitación y cuando estás ahí eres incapaz de recordar a qué has ido.

«Simon y tú me estáis fastidiando una resaca cojonuda.»

Freeman acude de nuevo a su espacio seguro mientras recuerda esa escena de la tercera *Jungla de cristal*.

–¿Inspectora?

–La puerta está abierta, Freeman –Moore alarga la mano hasta el pomo de la puerta y la empuja ligeramente.

Una mirada de la inspectora sirve para que Freeman desenfunde su pistola reglamentaria y su cuerpo se prepare para lo peor. En pocas ocasiones había desenfundado su arma, y en menos aún había tenido que usarla. «Un poli de verdad». Pero si la inspectora Moore desenfunda su pistola, tú desenfundas la tuya.

–Inspectora, necesitamos una orden para…

–¿No has oído eso? –Moore se lleva un dedo a los labios mientras se asoma por la puerta

–¿Oído qué? –Freeman acerca la cabeza un poco más hacia el interior de la vivienda, pero no logra escuchar nada.

–Alguien gritando auxilio desde dentro –Morgan Moore da un salto rápido hacia el interior de la casa, totalmente a oscuras, y toma la delantera.

–¿Qué? Yo no… –Freeman sigue el ejemplo de la inspectora y, sin pensarlo demasiado, salta al interior de lo que, aún a oscuras, distingue como el recibidor.

Los dos policías dan lentamente un paso tras otro, con las armas en ristre, inspeccionando cada rincón a oscuras frente a ellos. Freeman busca a tientas en sus bolsillos la pequeña linterna de mano, justo para recordar que la ha dejado en el coche, igual que la inspectora. Avanzan a oscuras por un pequeño recibidor que se divide en tres. Hacia la izquierda, el salón principal, bastante amplio, con un sofá y algunos muebles con puertas de cristal, aunque es imposible distinguir qué es lo que guardan. Aunque no la ve, Freeman detecta con el pie el cambio de rasante ocasionado por una alfombra justo en el centro de la sala.

–Nada por aquí –dice Freeman susurrando.

–El pasillo está limpio –responde Moore desde el otro extremo–. Subamos a la habitación con luz. No hagas ruido.

Freeman sale del salón de nuevo hacia el recibidor. La segunda bifurcación da a un pequeño pasillo, con dos cuadros colgados en la pared de su izquierda y uno en la derecha. No llega a distinguir el motivo de los cuadros, pero en su cabeza puede imaginar una escena de barcos navegando a la deriva hasta llegar a un faro abandonado. Tal vez es donde se encuentren ahora, navegando en la oscuridad de la casa, hasta llegar a la habitación con luz, el faro. El final del pasillo se divide en otras tres salas: la cocina a la izquierda, otro recibidor secundario al final, por la puerta de atrás, y un discreto comedor a la derecha. Todo en silencio.

Moore chista suavemente a Freeman desde la mitad de las escaleras que suben al pasillo de arriba, siendo estas la tercera bifurcación del recibidor principal. Sube las escaleras lentamente, peldaño a peldaño, dejando caer todo su cuerpo. Aun intentando hacer el menor ruido, el quinto y el decimoséptimo escalón dejan escapar un chirrido al pasar sobre ellos. Moore vuelve a susurrar alguna «palabra amable» al pisarlos y sigue subiendo poco a poco hasta llegar a la segunda planta. Ésta, a su vez, permite ir a izquierda y a derecha, y es de este último lado desde donde emana la luz encendida de la habitación. Moore hace una seña a Freeman para que vaya hacia la izquierda, mientras ella, pegada a la pared del fondo, empieza a caminar hacia la derecha. Freeman entrecierra un poco los ojos, para intentar compensar el desbalance ocasionado por la luz reflejada de la habitación de la derecha y poder observar mejor la zona que le toca inspeccionar, totalmente a oscuras. Esta área del pasillo se divide en dos habitaciones pequeñas. Freeman entra en la primera con mucho cuidado y mirando hacia todas las direcciones, intentando no llevarse ninguna sorpresa.

«Un cuello de botella. Buen sitio para una emboscada.»

En la primera habitación Freeman tiene algo de ayuda, pues la luz de la luna que se refleja desde la ventana del fondo deja ver con más detalle el interior, que consiste en un escritorio bastante ominoso, y por ende, caro; una alfombra como la del salón de abajo, también cara, seguramente; y estanterías llenas de libros y más libros por las cuatro paredes. Freeman ha visto demasiadas películas como para saber que detrás del cuadro colgado en la pared de la derecha «hay algo». No pierde nada por echar un vistazo, piensa. El cuadro representa un caballo blanco con un jinete igualmente vestido con una especie de blusa o capa de seda blanca, cabalgando frente a una tormenta de cielo rojo. Freeman palpa con sumo cuidado el marco del cuadro. Por arriba, por abajo, derecha, izquierda.

CLIC.

Con el sonido de un leve resorte, la parte derecha del cuadro da un ligero salto sobre sí misma. Freeman introduce la punta de los dedos por el hueco que ha aparecido y tira del cuadro hacia la izquierda, revelando tras de sí la puerta de una caja fuerte de aproximadamente veinte centímetros por veinte centímetros. Freeman tira de la manilla de la puerta de la caja con fuerza e intenta girarla hacia ambos lados. Nada, no cede. «Han entrado en la casa, pero no han abierto la caja fuerte. No es un robo».

–¡Freeman! –La voz de la inspectora se eleva por encima del sepulcral silencio de la noche. Freeman, instantáneamente, se lleva un dedo a los labios intentando acallar el grito de la inspectora, mientras con la otra mano vuelve a colocar el cuadro como estaba.

–¡Freeman, por aquí!

Con un rápido vistazo, Freeman inspecciona la segunda habitación, un cuarto de invitados, antes de acudir al encuentro de la inspectora. Tras cerciorarse de que no hay nada raro o que llame su atención, Freeman acelera el paso, aun así cauteloso, para llegar a la habitación con luz de la derecha del pasillo. Una vez frente al marco de la puerta, observa la escena. La habitación se extiende hacia la izquierda, con una cama de matrimonio y dos mesitas de noche, una a cada lado. Sólo la de la derecha tiene una lámpara de noche. Al frente de la puerta se yergue una ventana de dos cristales, de aproximadamente un metro veinte de altura y metro y medio de largo en total. Un televisor sobre un aparador en la pared de la derecha, apagado; y un armario bastante grande en la pared de la izquierda de la puerta. Morgan Moore, con los brazos en jarra, está parada frente al televisor y mirando hacia la cama. Es entonces cuando Freeman se da cuenta de que la cama ha sido levemente arrastrada hacia la pared de la izquierda, para dejar un poco de hueco en el centro de la habitación. Justo donde, desde el techo, cuelga una lámpara con aspas de ventilador. Justo el ventilador desde donde cae una cuerda.

Y justo una cuerda amarrada desde cuyo cuello pende un hombre de unos ochenta años, desnudo, sin vida.

«Hola, John. Llama diez segundos tarde.»

– ¿Tre... Trevor Austin? –pregunta Freeman sin dejar de mirar el cuerpo colgante. Algo en él resulta hipnótico, incluso puede que hasta cómico en la forma en que pende. Pero el resultado no tiene nada de cómico, sino de desgarrador.

Freeman había desenfundado su pistola en pocas ocasiones, disparado aún menos, visto un cuerpo menos aún, y uno ahorcado, nunca. No puede apartar la mirada.

–No tenemos pruebas –responde Moore dando un paso hacia el cuerpo–, pero tampoco tengo dudas. Mira esto, ¿qué podríamos deducir, Freeman?

El agente pone un pie frente a otro, sin dejar de mirar al pobre ahorcado, hasta tenerlo a pocos centímetros. Casi parece real. No, es real. El problema es que no es tan real como parece. Un ahorcado.

–¿Suicidio? Quizás.

–Estás mirando, pero no estás observando. Cuidado donde pisas –Moore agarra del brazo a Freeman y le da un tirón hacia atrás, para quedar justo frente al televisor–. Mira el suelo.

Freeman consigue desviar la mirada del cadáver hacia el suelo de la habitación. También está enmoquetado, impoluto, excepto por una lámpara hecha pedazos que reposa sobre el piso.

–Forcejeó con alguien –afirma Freeman al ver los restos de la lámpara más detenidamente.

–Exacto –responde Moore–. Forcejó con alguien, le tiró un jarrón, no sabemos quién a quién, pero no veo heridas superficiales en el cuerpo *a priori*. Austin debió lanzárselo a su asesino. Le pilló desprevenido.

–¿Y la ropa? ¿Por qué está desnudo?

–Aquí, mira –Moore se ladea hacia la derecha para señalar un montón de ropa al lado de la cama, tras el cuerpo.

–¡Está doblada! –exclama Freeman, sorprendido al ver que el montón de ropa, consistente en una camisa abotonada, un pantalón y unos calzoncillos, está perfectamente ordenado, colocado y arreglado justo tras el hombre sin vida–. ¿Quién haría algo así?

–Alguien que vino exclusivamente para matar a Trevor Austin, y creo que empiezo a conectar los hilos, Freeman. Se trata de una especie de ritual. Mira la frente del tipo.

Freeman vuelve a subir la mirada hasta los ojos sin vida del anciano y es entonces cuando repara en que, sobre la frente, tiene dibujado un símbolo, con una especie de grasa o líquido oleoso.

–¡Es el mismo símbolo! –hace notar Freeman–. El mismo símbolo que Juliet Phillips llevaba tatuado en el brazo.

–Sí, me he fijado en que Austin también lo lleva tatuado en el antebrazo derecho –afirma Moore calmadamente–. Nos estamos acercando a la verdad del caso de Phillips, y ahora tenemos otro cuerpo, otro asesinato.

–¿Longbow? –pregunta Freeman frunciendo el ceño.

–No lo sé. No sé si es un tipo solo, si es Longbow, si es una secta con varios asesinos… Necesitamos saber más sobre esta gente, y tal vez eso nos diga el motivo de los asesinatos –Moore resopla y mira a través de la ventana que da al vecindario, vacío, tranquilo, silencioso–. Despierta a la doctora Expósito, dile que le llevamos otro cuerpo. No podemos esperar a mañana, tendrá que posponer el dormir. Me va a matar.

–Haré venir a la científica cuanto antes –Freeman saca el teléfono móvil y empieza a marcar–. Tendremos que esperar a que llegue Towers para las fotos, pero…

–¡No! No quiero esperar –dice Moore con ímpetu–. No llames a Towers para esto, va a ser imposible localizarla. Llama a Kriek, que se encargue él de las fotos. No tengo la cabeza ahora para aguantar a Towers y sus preguntas. Llámales ya y regresemos a comisaría cuanto antes. Necesito una aspirina y un café asqueroso de los de Peralta.

«Ha llegado usted en mal momento y al sitio menos adecuado. La historia de mi vida.»

7

24 de noviembre de 2010 – 01.36 h.
Comisaría de policía de Lost Bay.

Morgan Moore observa el teléfono móvil sin saber qué escribir. Otra vez. Intenta centrarse en el trabajo, como siempre ha hecho. Pero ahora le toca esperar. Odia esperar. Esperar a los resultados de las autopsias cuando Expósito regrese malhumorada de su apacible cama y empiece a abrir cadáveres, esperar a que Hawkins y Collins vuelvan para fichar por la mañana y le informen sobre si han encontrado algo útil en el despacho de Longbow, esperar a que Grey y Jewell recojan todo lo que sea útil de casa de Trevor Austin y lo cataloguen para su inspección en el registro, esperar a Freeman con el informe de simbología para averiguar algo más de ese símbolo raro, esperar a ser lo suficientemente valiente para olvidar las refriegas absurdas y dejar de culparse a sí misma y mirar a la cara a Cordelia

Cordelia: Tenems k hablar d lo k pasó. T spero en casa. Tk.

Maldita sea, si tan solo fuese tan fácil como eso, tan fácil como hablar y ya. Las personas nos obsesionamos con complicarnos la vida una y otra vez. Moore deja pasar un pensamiento intrusivo tras otro, a cada cual más destructivo que el anterior, intentando encontrar las palabras justas. Una vez escuchó la frase «Si las palabras no son las justas, nada lo es». No recuerda dónde la escuchó, o la leyó. El problema es que las palabras nunca han sido su fuerte. Los sentimientos nunca han sido su fuerte. Lo lógico. Lo lógico siempre lo ha sido. El problema es que no todo en el mundo se puede explicar con lógica, y eso es una carga que Morgan sobrelleva de mala manera.

Cordelia: Tenems k hablar d lo k pasó. T spero en casa. Tk.

¿Por qué tardan tanto los resultados? Necesita trabajar, necesita desviar su mente. Necesita escribirle a Cordelia y pedirle perdón por todo, por esos tres años de relación, por amarla demasiado, por dejarse amar, y por construir una vida sin la que no se atreve a vivir. Necesita trabajar. La mano derecha de Morgan tiembla y se cierra aferrando el teléfono móvil con fuerza. «Escribe algo, venga». Lleva varios días sin aparecer por casa. «Tan solo una línea. Déjala saber que estás bien». Vuelve a abrir la mano y deja el móvil sobre la mesa. El café está asqueroso, y baja por la garganta como un alquitrán correoso. Después de tantos años se había acostumbrado a ese alquitrán, y todo lo que no fuese ese alquitrán no servía absolutamente de nada. ¿Dónde están esos malditos resultados? Vuelve a encender la pantalla del ordenador (la deja apagada, por eso que dicen de que te pueden espiar si la dejas encendida), y consulta la última búsqueda que ha realizado en el sistema de datos de la Central. No necesita volver a comprobarlo, pero lo hace. Así se distrae, tal vez así le vengan las palabras justas a la cabeza.

El excomisario Mignola le había hablado de Trevor Austin, ahora fallecido, y también de Milton Finch, a quien se había referido en varias ocasiones durante su conversación como «el loco». El doctor Carl Alary, a quien Moore tenía pensado visitar más pronto que tarde, y el también fallecido Howard Longbow, cuyo hijo Ardyan Longbow aún continuaba siendo el principal sospechoso de ambos asesinatos durante los últimos dos días; habían ido a visitar a Milton Finch durante su investigación en los setenta al psiquiátrico de St. Eunice, cerca de Auburn Hills, a una media hora de Detroit en la ruta hacia el norte, y a poco menos de una hora de Lost Bay hacia el este. Una rápida búsqueda en internet había dado la información a Morgan de que el psiquiátrico de St. Eunice había ardido hasta los cimientos en agosto de 1985, en un incendio que el cuerpo de bomberos había calificado como provocado. Según los recortes de prensa, nunca se encontró al culpable, pero el director del centro mantuvo la sospecha y alertó de lo mismo a los medios, dándose el merecido bombo, de que podría haberse tratado de uno de los trece internos que escaparon a raíz del incendio. En un periodo de ocho meses, los agentes de policía de todo el estado habían atrapado a nueve de ellos, entre los cuales se encontraba Milton Finch. La detención de Finch en febrero de

1986 había sido bastante espectacular, según el informe, pero consiguieron taparlo de cara a la prensa. Durante los siete meses posteriores a su fuga del psiquiátrico mantuvo un perfil bajo en todos los sentidos. Ni un altercado, ni una queja, ni una sospecha… Nada. No fue hasta que dos chicos que volvían de fiesta y pararon a mear en un callejón, y encontraron allí tirado al señor Yuri Glukhovski, de cincuenta y tres años, despellejado de arriba a abajo, cuando las autoridades hallaron un hilo del que tirar hasta dar con el paradero de Finch. Glukhovski era el propietario de una vivienda de mala muerte en un barrio de aún peor fama, y donde dos patrullas de agentes de policía hallaron, tras echar la puerta abajo, a Milton Finch vistiendo la piel del difunto señor Glukhovski, bailando y gritando cosas sin sentido en una «lengua inventada». Las paredes, según el informe, habían sido objeto de pintadas de símbolos satánicos con la sangre tanto de Glukhovski como del propio Finch. «No se adjunta foto». Nunca se adjunta foto. Finch fue nuevamente juzgado y transferido al Centro Emerald, para trastornos mentales. El Centro Emerald se hizo cargo de una gran parte de los internos del St. Eunice después del incendio. Esa es la última información que se sabe de Milton Finch. Moore rumia para sí misma que tal vez Finch siga internado en Emerald, o tal vez ya haya muerto, pues debe tener unos ochenta y largos. En cuanto amanezca llamará por teléfono al centro para asegurarse.

Cordelia: Tenems k hablar d lo k pasó. T spero en casa. Tk.

Moore vuelve a apagar la pantalla del ordenador, por si las moscas. Recuerda cuando tenía doce años y vivía sin preocupaciones, en un diminuto piso de la zona sur de Lost Bay. El piso era pequeño, sí, pero suficiente para que viviesen Moore, su padre, al que apenas veía por su condición de pluriempleo, su madre y sus dos hermanos pequeños. Recuerda cuando iba caminando al colegio con su amiga Roxy todas las mañanas. Recuerda sus coletas y su fiambrera de David Hasselhoff de *El coche fantástico*. Bowers intentó quitársela en una ocasión al salir de clase, y lo que recibió fue un golpe con la fiambrera en toda la jeta que le hizo saltar medio diente. Está segura de que Roxy habría dado su vida por esa fiambrera, o tal vez por David Hasselhoff, seguramente. Recuerda

que ese verano corrió el rumor de «el loco». Por supuesto, no era Finch, pues por esa fecha seguía internado en St. Eunice, al igual que el resto de internos que escaparon en el 85. Con los años aprendió que cada generación tiene su rumor de «el loco», y en el caso de Morgan y Roxy resultó tratarse de un drogadicto que se dedicaba a pasearse desnudo, con una simple gabardina, y enseñando sus «partes pudendas» a gente con la que se cruzaba por la calle. En una ocasión, les había llegado el rumor de que «el loco» había raptado a Ellie Lang tras ofrecerle un caramelo y había vendido sus riñones en el mercado negro para conseguir más droga. Sin embargo, el rumor quedó desmentido en cuanto Ellie Lang regresó al colegio a los pocos días tras haber sufrido unas paperas terribles. El rumor de «el loco» se esfumó tan rápido como llegó, y Morgan no volvió a darle importancia. Hasta una mañana de sábado en que iba al parque, con una bolsita de papel cargada de caramelos de regaliz y tres chicles que había comprado con el dinero que le había dado su abuela. La sonrisa que le cruzaba la cara de oreja a oreja se le esfumó en una milésima de segundo cuando vio que se acercaba de frente por su misma acera «el loco». Un tipo en gabardina, con una brillante calva asomando por la parte de arriba de su cabeza y una melena greñuda que le caía hacia abajo desde la zona sin pelo, nariz ganchuda, ojeras, mirada perdida, y las manos en los bolsillos de la gabardina. Morgan intentó buscar ayuda mirando a un lado y a otro, pero estaban los dos solos en la calle. No había tiendas donde esconderse, y ningún portal estaba abierto. Se quedó paralizada mientras «el loco» avanzaba a grandes zancadas hacia ella. El corazón le bombeaba tan deprisa y tan fuerte que creía que se le saldría del pecho y echaría a rodar calle abajo. La lástima es que ella no podría rodar detrás de él. Su mano se aflojó y la bolsa con los caramelos cayó al suelo, desperdigándolos por la acera frente a ella. No volvería a ver su madre, ni a sus hermanos, ni a Roxy, ni a su padre. No, ahora le quitarían los riñones y los venderían. No más clases de matemáticas con la señora Ritchmond, no más recreos, no más chucherías y no más David Hasselhoff. «El loco» estaba ya a apenas tres pasos de distancia, y las piernas de Morgan, que le habían dejado de responder hacía una eternidad, comenzaron a temblar. Dos pasos. La respiración de Morgan se aceleró. Un paso. Estaba a medio paso de distancia y entonces «el loco» se agachó frente a ella. Ya está, ahí terminaba todo. Morgan cerró los ojos. «Adiós, Roxy. Adiós Hasselhoff.» Nada. ¿Nada? Nada. Morgan abrió el ojo derecho para inspeccionar qué había pasado, mientras el izquierdo seguía apretado con fuerza. Nada. Se dio la vuelta y vio cómo «el loco» caminaba calle abajo, tan tranquilo, con un palo de regaliz en los labios. «El loco» le había quitado uno de los regalices del suelo, el muy malvado. Morgan nunca le contó ese incidente a nadie, ni siquiera a Roxy, y mucho menos a su madre. Ese día aprendió dos cosas. La primera era que no debías fiarte nunca de los rumores. Y la segunda, que si quieres disfrutar de tus caramelos, debes luchar por ellos y no dejarlos caer.

Cordelia: Tenems k hablar d lo k pasó. T spero en casa. Tk.

Morgan: Se me h hecho tard. No voy a casa, mcho trabajo. Mñna hablams. Tk.

«Menudo pico de oro tienes, Morgan. Maldita sea». Ya pensaría en algo más tarde. Mañana se pasaría por casa y hablaría con Cordelia. Sin falta. Necesita tomarse un respiro. Vuelve a dar un sorbo a la taza de café y se reclina en la silla. Minutos más tarde, mientras está esperando una llamada, cualquier llamada con cualquier resultado, Morgan Moore se queda dormida por tercera noche consecutiva sobre su escritorio. Esa noche sueña con palos de regaliz y tiempos mejores.

8

24 de noviembre de 2010 – 12.20 h.
Centro Emerald para trastornos del comportamiento.

«Escucha, escucha. Puedes oírlos».
–Puedo oírlos. Sí, puedo oírlos.
«Ssshh, calla, calla. No deben saber que puedes oírlos».
–No, no. Puedo oírlos, están fuera. No deben entrar aquí.
«Te han olvidado. No eres nadie, ya no eres nadie».
«No, sigues siendo el salvador, sigues oyéndolos. Sabes dónde están».
«Ssshhh, calla».
–Vienen. Vienen. ¿Los oís también?
«Claro que sí, Milton, claro que sí. La hora se acerca».
«Ssshhh, calla, calla. Alguien viene».
–Impuro. Cobarde.
–¡Finch! ¡En pie! Tienes visita.
«Levanta, levanta, levanta. Va a estar bien. Se repite otra vez».
–¡Finch! ¡En pie, coño!

BOOM
«Asqueroso celador, perecerá en las llamas. Él lo consumirá».
«Levanta, levanta, ratoncito».
–Sí, él te consumirá. Te consumirá. Ja, ja, ja.
–Dios, cómo odio a este pirado.
«Camina, ratoncito, camina. A la sala blanca, a través del espejo. Sí,
sí. Camina».
–Un paso y después otro. Un paso y después otro. Camina.
«Va a estar bien».
«¡Mira esas luces! Son bonitas, cegadoras, como la estelaris, sí, como
la estelaris. Pero su fuego es más intenso».
–Sí, su fuego es intenso.
–¡Siéntate, Finch!

«Mírala, mírala. Mmmm, huele bien. La han marcado. ¿Lo sabrá? Huele».

–Ya le dije que está muy tocado, inspectora. ¿De verdad cree que va a poder sacar algo de él?

–Tengo que intentarlo. Gracias, celador. Puede dejarnos solos. Le avisaré si le necesito.

«Huele como un coche nuevo. Sí, ¿recuerdas los coches? Recuerda, recuerda, ratoncito».

«Nuevo. Huele».

«Duele».

–Buenos días, Sr. Finch. Soy la inspectora de policía de Lost Bay Morgan Moore. Esperaba que pudiéramos charlar un rato.

–Huele bien. Me gusta.

«Arrastra la muerte, tostadora con cerezas. Arrastra la muerte».

–Usted ha visto a la muerte, ¿verdad?

–Pues… he visto cadáveres, si se refiere a eso.

«No, no, no sabe mirar, ha visto y no mira. Ábrele los ojos».

«Sabrosos ojos».

–Verá, Finch. Estoy aquí porque quiero preguntarle por un símbolo que he visto recientemente. No sé si… aquí, mire estas fotos.

«El señor, es su hora. Mira. El símbolo en la piel cuarteada, el símbolo. Por fin es la hora. Se acerca otra vez. ¿Lo oyes?».

–Sí, sí. Se repite otra vez. El ciclo da la vuelta y se reinicia. Es infinito. Se acerca. Por fin se acerca.

–¿Quién? ¿Quién se acerca, Finch? ¿Quiénes son?

–Él. El señor del miedo.

«Agramón».

«Agramón».

–Agramón. Oh, oh, sí, mi señor. Agramón. Soy tu siervo.

–¿Quién es Agramón?

«Huele bien. Duele bien. Señor. Fuego en llamas, llamas en fuego. Huele bien, ratoncito».

–Él es el fin, el principio y el fin. Yo abrí la puerta hace ya muchos años. Sí. Abrí la puerta. Sabe que estoy aquí. Los oigo. Él viene y reinicia al ciclo.

–¿Eso es el símbolo? ¿Agramón?

–Sí, sí, el símbolo en la piel, en el alma, en tu miedo. Agramón es vida, Agramón es miedo. Te entregas a él.

«Al miedo. Dile lo del portal, dile lo del portal».

–Yo abrí el portal, sí, sí, sí, sí, yo lo abrí. Ja, ja, ja, ja, ja. Arañó la puerta. Él iba…

«¡Cobardes, cobardes, cobardes!».

–Malditos sean esos cobardes. Cerraron la puerta con sus impertinencias, con sus propios miedos. El miedo no existe, él es miedo, él está dentro de nosotros. ¡Cobardes!

–Se está refiriendo a «la gente del miedo», ¿verdad? ¿Quiénes son?

«No existe el miedo, él es miedo. El portal se abre».

–Ellos, cobardes, impuros. No están preparados para su llegada, pero yo sí. Ellos, la Sociedad de Agramón. Impuros cobardes.

«Escupe».

«Escupe miedo».

–¿Quiénes son, Finch? ¿Quiénes forman la Sociedad? ¿Usted era parte de la Sociedad?

–Fui, sí, fui.

«Impuros, cobardes. Escupe miedo».

–Fui, pero yo vi lo que ellos no vieron. Yo vi el libro. Yo leí el libro, sí. El gran libro, el único libro. El portal, abre el portal. Usted abrirá el portal, pero aún no lo ve.

«El libro, el libro perdido de Monteano, narrado por Amuna y Aira. ¡Oh, mi señor! ¡Oh, mi miedo!».

–El libro es la llave del portal. El libro es la llave. Yo lo vi, lo leí, lo memoricé. Abrí el portal. Sí, sí, sí. Ja, ja, ja.

–Finch, quiero que me diga quiénes son ellos. Quiénes son la Sociedad de Agramón.

«Díselo, Milton, díselo. Huele bien. Huele el miedo, huele su miedo. Huele bien. Ella estará presente, ella forma parte del portal. Díselo, ratoncito».

–Sí, sí. Siempre cinco, siempre cinco. El Gran Maestre dirige en la oscuridad, el Gran Maestre oculto, siempre en la oscuridad. Prior es el enlace, la mano derecha, la extensión de la oscuridad, el consejero. Sí, sí, sí. Legión es muchos, Legión es todos, es uno y es todos, está en todas partes. Arcángel, el Arcángel es quien hace volar a todos, es cielo, y es quien conecta a todos en la orden, sí. Y Jinete, el Jinete es el conocedor de la historia, de la fe, de nuestro señor, el custodio, la voz. Sí, siempre cinco, cinco siempre.

«Siempre cinco. Cobardes, cinco cobardes impuros».

«Sabrosos ojos».

–Necesito nombres, Finch.

«No, no, ratoncito, nada de nombres. Nombres duele».

–No, sin nombres, sin nombres. Nada de nombres. Solo un nombre, Agramón. Solo Agramón. Nada de nombres.

–Mierda. Bien. ¿Y reconoce a este hombre? El de la foto. ¿Era de la orden?

«Sucio, sucio y apestoso. Escupe. Escupe miedo».

«Prior, el Prior muere en llamas».

–Ja, ja, ja, ja. Muerto. ¡Por fin el Prior muerto! Mi condena se termina. Mi destino llega a su fin. Muerto el Prior, ja, ja, ja, ja.

–Trevor Austin era Prior, ¿es eso?

«Nada de nombres, nada de nombres. Solo fuego, solo miedo».

«Dile, dile, Milton, dile».

–Prior muere, Prior muere, Prior muere, Milton arderá en las llamas por fin. Sí, sí, el ciclo se reinicia. Dulce.

–Finch, quiero que me dé el nombre de los otros. De Legión, Arcángel, Jinete y el Gran Maestre.

–No, no, nada de nombres. Sin nombres. Solo miedo, solo Agramón.

–Vale, vale. Agramón. ¿Y este? ¿Conoce a este tipo?

«Los ojos, mira los ojos. Conoces a este tipo. No, no es él, es otro, otro. Misma sangre, el miedo del otro vive en él. Sí».

–Otra alma, mismo nombre, pero otra alma. Lo he visto en una vida pasada, hace muchos años. Pero no era él, era otro con su aura. Sí.

«Nombre, recuerda el nombre. Él cerró el portal. Cobarde impuro. Cerró el portal. Recuerda el nombre».

«Impuro».

–Diferente, es diferente. Su miedo es…
No, no es él, es otro. Más antiguo, más…
muerto. Sí, le oigo. ¿No lo oye, inspectora?
«Oye, oye, escucha, repite. El ciclo se abre,
se cerró y se abre».
–Iba con otro. A él sí le recuerdo. Quiso
ver detrás del velo y muy pronto lo conse-
guirá. Sí, sí, sí. Dulce, joven dulce. Carl. Carl
Alary, lo recuerdo. Invitado, un invitado. Él
encontró el portal y lo cerró. Pero él volverá
a abrirlo, con este otro hombre, el hombre de
mirada triste. Sí, sí. Muy pronto, muy, muy
pronto. Corra, ratoncita, corra.
«Él viene».

9

24 de noviembre de 2010 – 14.57 h.
Casa del Dr. Carl Alary.

–¿De verdad la llamó «ratoncita»? –le pregunta Freeman sin salir de su asombro.

Morgan asiente mientras conduce, sin dejar de mirar la carretera. En esta ocasión decide ir a una velocidad más prudente. Las calles están más concurridas, y las conoce como la palma de su mano. Por suerte para ella, el Dr. Alary reside en Lost Bay, así que el viaje hasta su domicilio no se le hace muy tedioso. Menos mal, porque esa aspirina que se tomó hace una hora no le está sirviendo absolutamente de nada.

–Tendrías que haber oído el resto de la conversación, Freeman –responde Moore–. El tipo es una jaula de grillos. Con la edad que tiene, la locura se le debe de haber juntado con la demencia.

Morgan y Freeman continúan la conversación en lo que dura el resto del trayecto, discutiendo por qué no han encontrado nada de la conocida Sociedad de Agramón, ni pueden vincularla de ninguna manera con Juliet Phillips y Trevor Austin, ni con las muertes de ambos. Sale a colación también por parte de Freeman el informe de los agentes Hawkins y Collins al regresar esa mañana, sin que encontrasen absolutamente nada en el despacho del detective Longbow. Ni una sola referencia a los asesinatos, a Juliet Phillips, al culto, a nada. Les llamó la atención que el despacho estuviese totalmente revuelto, eso sí, como si un huracán se hubiese ensañado en el interior de la habitación, se hubiese ido, y hubiese vuelto para terminar de quedarse bien a gusto, revolviéndolo todo un poco más. «Creo que no somos los únicos que buscamos a Longbow», dice Morgan en voz alta. Freeman, que aún tiene mucho que aprender y desarrollar ese olfato felino del que gozan los buenos detectives, pregunta por qué afirma eso. La respuesta de Morgan es coherente, puesto que Longbow sabrá dónde guarda las cosas en su despacho y no tiene necesidad de revolverlo todo. No, alguien más está buscando a Longbow o algo que él tiene, y puede que lo hayan encontrado en su despacho o puede que no. «El tiempo lo dirá». Freeman sigue leyendo el resultado negativo de simbología. Ninguna relación con religiones conocidas, culturas locales, internacionales, nada de idiomas olvidados… es un auténtico misterio qué hay detrás del símbolo. «Agramón», la palabra resuena en la cabeza de Morgan como un martillo a las tres de la mañana en mitad del silencio. Freeman cambia de carpeta. La Dra. Expósito les ha enviado los resultados de la autopsia de Juliet Phillips. Negativo en farmacológicos y alcohol, sin cuerpos extraños en el organismo. La causa de la muerte: un disparo de proyectil de 9 milímetros en la sien derecha. «Creo que eso resultaba evidente», piensa Morgan. Orificio de entrada y salida. Sin lesiones a nivel dérmico ni bajo él, nada de contusiones, hemorragias… Limpio, «una muerte limpia». Freeman sigue leyendo, ahora sobre el segundo foco de sangre localizado en la habitación del motel. Como Morgan había predicho, la sangre pertenece a Ardyan Longbow, su detective desaparecido.

–No tiene sentido, Freeman –señala Moore–. Juliet Phillips no forcejeó. No tiene heridas, ni nada bajo las uñas. Nada. Y, aun así, se las arregló para herir a Longbow. Y además una herida bastante fea para dejar esa mancha de sangre en el suelo.

–Podría haberle lanzado algo, tal vez –conjetura Freeman.

–¿Y dónde está lo que le lanzó? ¿Y por qué Longbow dejaría su pistola en el escenario del crimen? El tipo no es idiota, eso está claro.

–Algo no termina de encajar.

–No, Freeman, algo aún se nos escapa –Moore aminora la marcha hasta dejar el coche aparcado en un extremo de la calle–. Pero espero que el Dr. Alary nos brinde algunas respuestas más. Vamos, seguimos a pie desde aquí.

El vecindario es bastante silencioso, bonito, con casas simétricas una frente a la otra a cada lado de la carretera. Todas con el césped recortado, las fachadas impolutas y cuidadas, los tejados impermeabilizados, los coches bien estacionados y sin una sola alma en toda la extensión de la carretera. Un buen sitio para jubilarse. Pero un detalle sobresale por encima de todo lo demás, y que llama la atención tanto de Morgan como de Freeman. Cuando localizan la casa del Dr. Alary a la altura del número 122, se percatan de que el buzón de pie frente al domicilio está ligeramente inclinado hacia un lado, y de que el metal tiene una abolladura en un lateral, sin duda producto de alguna pedrada mal dada. Pero en lo que repara Morgan especialmente es en la palabra «lunático» garabateada con rotulador sobre el nombre de Alary en el buzón. Sin darle más importancia, prosiguen andando por el camino de baldosas perfectamente dispuestas sobre el césped para llegar hasta la puerta de la casa.

–¿Cuál es la estrategia, inspectora? Porque la última vez… –pregunta Freeman.

–No hay estrategia, Freeman –responde Moore–. Hasta donde sabemos, este tipo es de los buenos. Ayudó en la investigación del 77 y Mignola y Finch dicen que tuvo algo que ver en el arresto de esos locos de la secta. Vamos a pelo, sin tapujos y con todo por delante. Necesitamos su ayuda.

Sin intención de demorarse más en conversaciones banales, Morgan golpea la robusta puerta de madera con energía. Tal vez demasiado fuerte, o tal vez no ha calculado bien el grosor de la puerta, porque cuando baja la mano se le resienten los nudillos de mala manera. No pasan menos de dos minutos cuando la puerta frente a ellos se abre ligeramente, tan solo una rendija, y deja asomar una cara a través de ella.

–¿Sí? ¿Qué quieren?

La voz es bastante robusta, una de esas voces que te pueden tener atrapado durante horas en la radio contándote lo que sea. Antes de decir nada, Morgan saca su placa y la pone a la altura de sus ojos, para que el interlocutor de la puerta pueda verla sin problemas. Freeman hace lo propio con la suya.

–Inspectores Moore y Freeman, de la policía de Lost Bay –dice Morgan con un tono imperante y firme–. Queremos hablar con usted, señor Alary, en relación con una investigación en curso.

La puerta vuelve a cerrarse de golpe, y Morgan escucha un tintineo detrás de ella que indica que el hombre está liberando los cerrojos y las cadenas. «Demasiada seguridad para una zona tan tranquila», aunque Morgan había conocido a gente bastante más paranoica, por lo que eso no la sorprendía, y menos en estos tiempos tan oscuros.

–Adelante –dice el hombre tras abrirse de nuevo la puerta, ahora de par en par, y haciendo un ademán de invitación con la mano a los agentes–. Y si vamos a mantener una conversación, es «doctor», no «señor», si no le importa. Suficiente me costó sacarme el título como para perderlo de buenas a primeras.

Morgan se da cuenta de que Freeman deja escapar una sonrisa mientras pasa por delante de ella hacia el interior de la casa.

**

–Dos veces en una investigación policial son dos veces más de las que me gustaría ser mencionado por nadie –admite Carl Alary mientras sirve tres tazas de café sobre la mesita de cristal del comedor principal.

–El excomisario Mignola le mencionó como un colaborador del departamento durante otra investigación hace décadas –explica la mujer que afirma ser inspectora de policía–, y con el otro tipo, Milton Finch... bueno… digamos que le mencionó y punto.

–Inspectora…

–Moore.

–Inspectora Moore –prosigue Carl–. Llevo recluido en esta casa casi quince años, desde que mi esposa me abandonó por tomarme «demasiado en serio» mi trabajo. No sé freír ni un huevo, todo lo pido por encargo. Salgo una vez al día muy temprano por la mañana para tomar algo de aire en un paseo que dura exactamente veintitrés minutos, veintinueve si la rodilla derecha me da problemas. Mucho menos salgo de casa para formar parte de ningún acto criminal o siquiera ser conocedor de ninguno.

Carl Alary se levanta y gira sobre sí mismo, extendiendo los brazos, como si fuese un helicóptero que acaba de despegar y sube haciendo un reconocimiento.

–Todos los libros que ve aquí son mi mundo. No hay más ahí afuera, nada más que llame mi atención ni requiera mi interés.

Y en eso Carl Alary lleva razón. Hace décadas que perdió el interés por el mundo. Nunca ha sido una persona fácil de tratar, y eso lo sabe desde que tiene uso de razón. Así que cuando conoció a Annette durante unas «vacaciones» en Marsella en el año 1984, quedó tan sorprendido como lo habría estado la madre de Carl durante la juventud de este, pues era incapaz de despegar la nariz de los libros que tan ávidamente devoraba día y noche. Carl nunca había tenido amigos, al menos no de esos que te van a buscar a casa para preguntar si puedes salir a jugar, no de esos con los que compartes una revista «guarra» que otro le ha robado a su padre del escondite secreto detrás de la cisterna del retrete, y, desde luego, no de esos con los que compartir un secreto. Carl había intentado acercarse a los otros niños en la etapa de su más tierna infancia, pero encontró que a nadie le interesaban las peripecias de Robinson Crusoe o las genialidades del renacido Edmundo Dantés, al menos no tanto como golpear una lata. Carl se pasaba las tardes y las vacaciones encerrado en su habitación o en la biblioteca, leyendo. Leyendo absolutamente todo. Su madre no podía evitar mirarlo con preocupación, temiendo que los otros críos de su edad lo etiquetasen de «bicho raro», pero eso a Carl no le importaba lo más mínimo. Le importaba más que D'Artagnan fuese nombrado mosquetero, o que Pierre Aronnax consiguiese escapar del Nautilus.

Fue con quince años cuando el señor Marini, el librero de la tienda de la esquina, le dio a Carl una edición de *El rey de amarillo*, de Robert W. Chambers. La novela trataba sobre una obra de teatro, de título homónimo, cuya reproducción estaba totalmente prohibida, pues quien la leyese o presenciase perdía totalmente la cordura y se adentraba en un mundo de locura y desesperación. Fue entonces cuando Carl se preguntó para sí mismo si habría fuerzas en este universo más allá de las mundanas que pudieran hacer enloquecer a una persona hasta tal punto de perderse completamente en sí misma. Durante los años siguientes recopiló más y más libros de la misma índole, dejándose llevar también por lo gótico y lo macabro, estudiando los orígenes de Poe o de Lovecraft, y sus fuentes de inspiración. Para cuando cumplió los veinte, Carl era todo un experto en la materia, pues había conseguido ir más allá de la ficción y adentrarse en el folklore popular, escuchando y leyendo historias aquí y allá, dando veracidad a algunos mitos, e investigando sus conexiones con la historia y las religiones. Poco a poco se fue adentrando en los círculos de importancia del mundo de la parapsicología y el ocultismo, aportando sus amplios conocimientos sobre Demonología en diferentes religiones.

Así, en 1985, y habiendo obtenido ya el título de doctor, Carl emprendió un viaje de varias semanas que le llevó hasta la ciudad francesa de Marsella, siguiendo un estudio del paso de la Orden de los Templarios. Fue en una cafetería, mientras estudiaba unos escritos de lo más interesantes, cuando conoció a Annette, su futura esposa.

Annette, curiosamente, había ido a Marsella para conocer un poco más acerca de sus orígenes, pues sus abuelos habían emigrado desde Francia a los Estados Unidos a principios de siglo, y jamás regresaron.

Pero hacía ahora quince años que Annette le había abandonado. Era de las pocas personas que le soportaban, algo que con los años había sido cada vez más duro. Finalmente, una tarde y tras varias diferencias a lo largo de los años, Annette abandonó a Carl dejándole una simple carta que, tras muchas explicaciones, terminaba con un «te quiero». Y Carl sabía que era verdad, pero también sabía que, por mucho que lo intentase, jamás podría dejar de lado ese agujero negro que vivía dentro de él, esa bestia que le pedía ser conocedor del misterio. Era lo que siempre había deseado desde que *El rey de amarillo* cayera en sus manos, y Annette lo sabía, como también sabía que aún no había encontrado la respuesta.

–En realidad no pensamos que usted tenga una relación directa con nuestra investigación, doctor –dice la inspectora de policía–. Pero nos gustaría su consejo, igual que aconsejó al comisario Doyle hace treinta años.

Las fotografías que coloca la mujer sobre la mesa transportan a Carl Alary de nuevo a 1977, cuando aún era un joven de veinticinco años que tenía más motivación que experiencia.

–¿De cuándo son? –pregunta Carl examinando detenidamente las fotos.

–Hace apenas unas horas –responde el otro chico, Freeman, el que le recuerda bastante a él.

Carl toma la primera fotografía, donde ve a una mujer de unos cincuenta aproximadamente, tumbada sin vida en el suelo de una habitación. Su cabeza está rodeada de una gran mancha de sangre, como si fuese una aureola, y los ojos miran hacia un vacío inexpugnable. La segunda fotografía es de un hombre mayor, que tal vez no llega a los ochenta, pero casi, desnudo, colgando con una soga atada al cuello de una lámpara de techo. Al contrario que la mujer, él tiene los ojos cerrados.

–¿Le suenan de algo? –pregunta la inspectora–. Ambos fueron hallados muertos en dos escenarios diferentes, con un *modus operandi* diferente.

–No, lo siento –responde sin dejar de mirar las fotografías–. ¿Por qué piensan que están relacionadas sus muertes si no…?

Carl no termina de formular la pregunta cuando la inspectora lanza otras dos fotografías sobre la mesa, como quien acaba de revelar un *full* de ases y reyes en una mano de póquer y se regodea ante la derrota del resto de jugadores. Los ojos de Carl se abren de par en par, pues reconoce el símbolo que hay en las imágenes. El símbolo. Ese símbolo.

–Agramón –La palabra sale de su boca en un susurro.

–Veo que sí que lo conoce –replica la inspectora Moore–. ¿Qué puede decirme sobre esto?

–La Sociedad de Agramón se remonta a mediados del siglo XVI, durante la Inquisición Española –Las palabras siguen saliendo solas de la boca de Carl, como si formasen parte de un discurso estudiado y preparado mil veces–. Son unos fanáticos religiosos, un culto, una secta, como quiera llamarlo. Creía que habían desaparecido hace años.

–¿Hace treinta años, quizás? –pregunta el inspector de la chaqueta pasada de moda.

–No, no tanto –responde Carl–. Hace treinta años conseguimos desbaratar su propósito. Si es que alguna vez tuvieron un propósito real. Pero siguieron en activo durante unos años más. Les perdí la pista hace unos diez años. Pero esto…

Carl acaricia la fotografía del símbolo con su dedo índice, como si con ello pretendiese que la silueta cobrase vida y comenzase a moverse. Vuelve a estar en 1977.

–¿Qué relación puede tener con las personas de las fotografías? –La inspectora realiza la pregunta arqueando una ceja incriminatoria.

–Depende –matiza Carl–. ¿Tenían el símbolo tatuado o pintado cuando los encontraron?

–La mujer lo tenía tatuado –responde el agente Freeman–, el hombre tatuado y pintado.

–Qué interesante. Muy interesante.

Carl se levanta lentamente sin dejar de mirar el símbolo y da un par de vueltas sobre sí mismo, como si varias voces le estuviesen llamando desde diferentes sitios a la vez. Finalmente, enfila una de las estanterías llena de libros con un sonoro «ajá» y saca un polvoriento libro de color ocre. El libro no tiene título ni ningún gráfico en la portada o el lomo, pues el propio Carl lo mandó editar con algunos manuscritos y notas de su propio puño y letra, y la única intención del libro era a la que ahora servía. Carl pasa las páginas rápidamente, lamiéndose los dedos pulgar e índice de la mano derecha para ello una y otra vez. Otro «ajá» involuntario anuncia que ha dado con el epígrafe que anda buscando y se gira para comentarlo con los agentes de policía.

–Los miembros de la Sociedad de Agramón se caracterizan por no utilizar nombres en sus cargos, para salvaguardar la confidencialidad –dice mirando a los inspectores–. Ya saben, que la mano derecha no sepa lo que hace la izquierda. Pero para eso tienen un cerebro, su Gran Maestre, asesorado por una corte de acólitos de confianza elegidos por el propio Gran Maestre de entre los fieles de la orden.

–Eso lo sabemos –interrumpe la mujer–. Milton Finch nos habló de cuatro: Prior, Jinete, Arcángel y Legión. Sospechamos que el señor Trevor Austin, a quien puede ver ahorcado en esta foto, era Prior.

–Tiene sentido, agentes –prosigue Carl–. Los acólitos de confianza se tatúan en uno de sus antebrazos el símbolo de Agramón, para mostrar su devoción al mismo. Así como el Gran Maestre, que inicialmente, ha debido de formar parte del consejo de confianza del Gran Maestre que le precedió. Y para cada uno se realiza una máscara a medida y personalizada que utilizan durante los rituales.

–Así que los dos fallecidos… –comenta el inspector.

– ¡Sí! –exclama Carl–. Los dos formaban parte de la cabeza de la orden.

–¿Y quién era la mujer? ¿Arcángel, Jinete…?

–Pues eso no lo sé –afirma Carl decepcionado de sí mismo–, pero si llevaba el tatuaje debe formar o ha formado parte en algún momento de la orden. Sin embargo, no es eso lo que llama mi atención, sino que el señor Austin lleva pintado el símbolo en la frente.

–¿Y eso qué significa? –El inspector muestra toda su atención a la clase magistral que les está dando Carl.

–Muerte –afirma Carl con una sonrisa de oreja a oreja–. Muerte y renacimiento. Toda muerte, según creen en este culto olvidado, debe ser entregada al demonio Agramón. Así que a Trevor Austin lo mató alguien desde dentro de la orden. Y eso solo puede significar una cosa, el renacimiento.

–Por favor, explíquese un poco mejor, doctor, como si fuésemos idiotas –dice la inspectora.

–Verán, toda muerte debe ser entregada al demonio en cuestión, y para ello se les pinta en la frente u otra parte del cuerpo, pero preferiblemente la frente, el símbolo de Agramón. ¿Por qué alguien desde dentro de la orden mataría a uno de los consejeros del Gran Maestre? Por el renacimiento. Van a empezar otra vez. Van a intentarlo otra vez después de treinta años. Y antes de que llegue están haciendo limpieza.

Los inspectores de policía están completamente atónitos mirando a Carl, quien parece haber revivido con sus explicaciones como un colegial que desea rozar el sobresaliente en una presentación en clase ante una banda de babeantes y bobos babuinos.

–¿Quién osaría matar a un consejero del Gran Maestre? –Carl hace una breve pausa, esperando una respuesta que no llega–. ¡El propio Gran Maestre! Hay un nuevo Gran Maestre, que va a iniciar o ha iniciado el ciclo para traer a Agramón de vuelta a este mundo, como hace treinta años, y está haciendo limpieza. Se está asegurando de que su nuevo consejo es gente de su confianza, y para ello está matando a los anteriores, a los consejeros del antiguo Gran Maestre. Es lo que denominan «el Azote».

–Y el azote es…

–Bueno, no se sabe si es una persona, si es un proceso… pero su finalidad está clara. A la vista está –añade Carl señalando las imágenes sobre la mesa.

–¿Y por qué la mujer no tiene el símbolo grabado en ningún lado y Austin sí? –pregunta el inspector Freeman.

–Pues… eso no lo sé –admite Carl–. Y es algo bastante curioso, créanme.

–Vale, hasta ahí lo entiendo. Ya tenemos un móvil detrás de los asesinatos –responde la inspectora Moore llevándose ambas manos a las sienes–. Pero alúmbrenos, doctor. ¿Quién es o qué es Agramón?

–El miedo –responde Carl, alargando las palabras de una forma sombría–. Agramón, según la Demonología, es el demonio del miedo. Dicen los textos que se alimenta del temor de las personas, y puede transformarse en aquello que uno más teme. Por eso no tiene una forma definida oficialmente.

Otra larga pausa atraviesa el salón.

–La Sociedad de Agramón tiene por objeto «invitar» al demonio del miedo a nuestro mundo, mediante un sacrificio voluntario –continúa explicando Carl–. Acorde a los escritos, una persona debe entregarse como receptáculo, mientras el Gran Maestre lee el libro sagrado de la orden. Es entonces cuando, con un sacrificio de sangre, el demonio se acerca a la víctima para determinar si es apta o no para ser su portadora en este plano existencial. En caso de serlo, Agramón posee el cuerpo de la persona, desplazando su alma y tomando control total. Y luego…

– ¿Y luego? –pregunta Freeman.

–Nadie lo sabe a ciencia cierta –Carl vuelve a guardar el libro en la estantería y regresa a su asiento frente a los inspectores–. Hay quien habla de la destrucción del mundo, que todo seguirá como hasta ahora y que, llegado el momento, Agramón abrirá las puertas a sus huestes y acabarán con nosotros. Otros dicen que destruirán a las sociedades desde dentro, que no será algo tan extraordinario ni apocalíptico.

–¿Y por qué harían eso? –La voz del inspector deja entrever un ligero temblor en el tono.

–¿Ha leído la Biblia, agente? Échele un ojo al libro del Apocalipsis. Verá que no es tan diferente a lo que profetizan en este culto.

El inspector Freeman agacha la mirada, pensativo, como si acabasen de abrir su mente a un nuevo orden mundial, como lo hiciera *El rey de amarillo* de Chambers en las manos de un adolescente de quince años.

Los siguientes doce minutos Carl se esfuerza en hacer memoria e intentar contestar a las preguntas de la inspectora Moore acerca de lo sucedido en la investigación de 1977, y no es hasta que esta le menciona el apellido «Longbow» que los recuerdos aparecen agolpándose a tropel en la mente de Carl, como si todo hubiese estado guardado, latente, deseando salir en el momento exacto. Pero algo le decía a Carl en su fuero interno que ese momento no era ahora, así que se limita a contestar a las preguntas de una forma sincera pero escueta. Muchos detalles nunca son buenos. En 1977, su prima Caroline trabajaba como limpiadora doméstica en varios pisos, entre ellos el de un teniente de policía, y «accidentalmente» había dejado sobre una estantería de su domicilio un ejemplar del primer libro publicado por Carl apenas un año antes. *Demonios entre nosotros. Un estudio detallado de la historia de las sectas modernas*, el título era penoso, pensaba Carl. Lo cierto es que Caroline había hecho lo mismo en todas y cada una de las casas en las que trabajaba limpiado, «porque nunca se sabe», decía. En verano de ese mismo año, el cuerpo de policía contactó a Carl para estudiar un símbolo que había aparecido pintado en el pecho de un hombre que se había suicidado tirándose desde la ventana de su casa. El hombre se llamaba Alexander Gibbons, a quien Carl pudo relacionar directamente con la Sociedad de Agramón gracias a la investigación llevada a cabo por el experto externo contratado por la policía, el detective privado Howard Longbow.

También les cuenta la visita que realizaron Howard y él a Milton Finch en St. Eunice, y cómo corroboraron que estaba como una cabra.

Días más tarde, Howard inició una serie de actos que desembocaron en su desaparición. Decidió adentrarse solo en la boca del lobo, mientras Carl avisaba a la policía de lo que sucedía. Por qué Howard no esperó a nadie para interrumpir el ritual sagrado de la orden es una pregunta que aún atormenta a Carl a día de hoy, pues nunca más se supo nada de su compañero de pesquisas. Cuando la policía irrumpió en el lugar donde estaban realizando el sacrificio para atraer de vuelta a Agramón, todo se descontroló. Algunos agentes desaparecieron o murieron, como también muchos de los sectarios de la orden. No capturaron al Gran Maestre, y tan solo a uno o dos de los acólitos de su corte.

La inspectora Moore se inclina hacia delante al oír esto último. «Nombres» dice de una forma autoritaria.

Aunque sabe que tan solo es una sospecha, pues alguien se encargó de que toda la documentación relacionada con el caso desapareciese, ahora tiene confirmación de que Trevor Austin era el Prior. Solo dos nombres más: Feodor Templeton y Adalina Bourbank.

«¡Los conozco!» exclama el inspector, aunque no es ningún secreto, en realidad. Todo el mundo los conoce, el problema es relacionarlos con la Sociedad de Agramón, que todo el mundo desconoce. Templeton es un acaudalado hijo de «millonetis» que aumentó su fortuna con no sé qué chanchullo de monedas de Internet y vendiendo algunas cosas llamadas algoritmos de búsqueda a varias empresas bancarias, algo que escapa a la comprensión de Carl a estas alturas de su vida. Y su esposa, Adalina Bourbank, ganadora de cuatro estrellas Michelin con su restaurante el Brume Bleue, en Crookshigh, ha sido portada en varias revistas culinarias en los últimos años. Carl fue una vez a cenar al Brume Bleue con Annette, y debe reconocer que la comida era exquisita, además de absurdamente cara, al menos para estar hecha por las manos de una asesina.

Terminada la charla y habiéndose despedido de los inspectores de policía, Carl retira las tres tazas intactas de café frío y las lleva devuelta a la cocina. Su mirada se desvía hacia la nevera, de un blanco inmaculado, y con un solo imán en su puerta. Un imán de nevera que compró en el año 1985 en Marsella, y bajo la cual hay una fotografía de dos jóvenes riendo.

10

24 de noviembre de 2010 – 16.29 h.
Comisaría de policía de Lost Bay.

Morgan mira el teléfono indecisa. La mano le tiembla, pero sabe que no puede posponerlo más tiempo. No puede seguir mirando hacia otro lado, como una cría que no quiere comerse las verduras y las aparta al borde del plato, como si eso las fuese a hacer desaparecer.

Llamada entrante: Cordelia

El teléfono suena con uno de los tonos predefinidos instalados, uno que emula unas burbujas. Morgan es tan troglodita con la tecnología que ni se ha molestado en cambiar el tono del móvil desde que se lo compró. Tampoco es que hiciese falta realmente. No puede posponerlo más, las verduras no van a desaparecer. «Afróntalo. Vamos Morgan, ella ya te ha perdonado», se dice a sí misma en su cabeza. El dedo le pesa, y las burbujas siguen sonando, pero aun así, consigue deslizar hacia arriba y aceptar la llamada. Sube el teléfono hasta la oreja y se queda en silencio. Siempre sabe qué decir y cómo llevar la iniciativa en cualquier interrogatorio. Pero eso no iba a ser un interrogatorio, y a Morgan se le hincha la lengua y se le seca la boca.

–¿Estás ahí, Morgan?

La voz de Cordelia pasa a través de sus oídos, llega al cerebro y de ahí baja directamente a su pecho, y siente como si acabasen de ponerle cinco kilos más sobre la espalda.

–Sí... sí... siento no haber pasado por casa anoche. Y el día anterior y... –Las palabras se le traban–. Están siendo unos días...

–Lo sé, cielo. Lo sé –El tono de Cordelia es suave, agradable, y eso es lo que más le pesa a Morgan–. Sabes que no te llamo por eso. Tenemos que hablar de lo de mi madre.

Morgan prosigue la conversación disculpándose de todas las formas que se le ocurren, mientras intenta encontrar otras nuevas que no se le hayan pasado por la cabeza en los últimos días. Cordelia, a su vez, responde a cada disculpa con un «no hace falta». Pero Morgan sabe que sí hace falta. Cuando quieres a alguien lo quieres con lo bueno y con lo malo, con los «gracias» y con los «lo siento», con confianza y sin superioridades. «Siento no haberte acompañado en el hospital, cogiéndote de la mano mientras tu madre exhalaba su último aliento», «siento no haberte cogido de la mano mientras tu madre era transportada en un ataúd por dos rieles hasta convertirse en cenizas», «siento no haber estado ahí a la mañana siguiente, apoyándote, sufriendo juntas», «siento ser una obsesiva con mi trabajo», «siento que hubiese un puto asesino en serie en la calle Factory que nos haya traído de cabeza durante semanas y por un chivatazo no haber estado ahí para ti en uno de los momentos en que más te hacía falta», «lo siento».

Pero Cordelia repite «no hace falta», y no hace falta porque Morgan sabe que tiene todo el derecho del mundo a estar decepcionada con ella, pero es mejor persona y no lo está. Otra vez los pensamientos intrusivos atacan a Morgan repitiéndole en su cabeza que no se merece la suerte que tiene con Cordelia, que no se merece ser feliz, y que vive por y para su trabajo. Pero los aparta rápidamente porque, después de dos semanas de mierda, la voz que escucha al otro lado del teléfono le recarga las pilas, le da toda la energía que ese café asqueroso de Peralta no le ha dado. Y se siente bien, muy bien, porque comprende que Cordelia la conoce mejor que ella misma y que, aunque se enfadase por no haber estado con ella en esos momentos, sabe que si no lo ha estado ha sido por algo muy importante e ineludible. Morgan sabe que Cordelia está ahí, y eso le basta, así que le responde a todo con un «te quiero», que Cordelia repite de sus labios de vuelta y la eleva a una felicidad inenarrable.

La euforia emocional dura poco, interrumpida por el tono aún más arcaico del teléfono fijo del escritorio, que retumba en los tímpanos de Morgan de mala manera.

–Luego te veo en casa, cielo –le dice a Cordelia antes de colgar.

Vuelve a guardarse el teléfono móvil en el bolsillo y levanta el auricular del fijo para encontrarse con la voz del agente Hawkins, quejándose de que ya llevan dos días de guardia en el despacho del detective privado Longbow y no ha pasado nada de nada.

–¡Ya sé que el despacho está precintado! –grita Morgan al auricular–. No será tan idiota de volver por allí. Quiero una patrulla en su casa. ¡Las veinticuatro horas!

Morgan escucha la voz susurrante de la agente Collins al otro lado del teléfono reprochándole a Hawkins un «ya te lo dije». Morgan da instrucciones a los agentes para relevar a Grey y Jewell en el domicilio de Longbow, y ordena por radio a Jackson y Ortiz que regresen del domicilio de Juliet Phillips con lo que hayan encontrado y que precinten la zona.

Ni siquiera ha levantado todavía la mano del auricular al dejarlo sobre el cuerpo del teléfono cuando este vuelve a sonar.

–¡Moore! –La voz chillona de la Dra. Expósito hace apretar los dientes de Morgan–. Ya puedes estar bajando al depósito. Tú o Freeman, me da igual. Acabo de abrir al ahorcado que me trajisteis y Peralta acaba de echar el almuerzo. ¡Rapidito, que quiero irme a casa a dormir!

«Mierda». Lo último que le apetece ahora mismo a Morgan es oler a cadáver, pero sabe que nadie más va a querer bajar al depósito. Se llevará a Freeman; si ella sufre, él sufre, y le vendrá bien alguien para recoger las notas mientras ella hace las preguntas adecuadas a Expósito.

Cuelga el teléfono definitivamente y sale por la puerta del despacho como un animal salvaje que acaba de ver a su presa moverse.

–¡Freeman, Freeman! Acompáñame al depósito. Ese inútil de Peralta ha vuelto a vomitar. Cogemos el relevo de la autopsia.

**

Transcripción de la autopsia de Trevor Austin realizada por la Dra. Sophia Expósito, con la asistencia inicial del agente Anthony Peralta, con posterior asistencia de los inspectores Morgan Moore y Richard Freeman.

«Son las 16 y 29 horas del día 24 de noviembre de 2010, habla la doctora forense Sophia Expósito, acompañada del agente Anthony Peralta. Procede-

mos a iniciar la autopsia del cadáver previamente identificado como Trevor Austin».

«Exploración externa: Primera data de la muerte acorde al tono de la dermis entre las 22.30 y las 00.00 del día de ayer 23 de noviembre. Según la intervención realizada por la inspectora Morgan Moore en el descubrimiento del cadáver, este se encontraba desvestido. Se encuentra la ropa doblada cerca del cuerpo. Ya han sido tomadas muestras de forma previa a esta inspección en el laboratorio, con resultado negativo para pólvora y cuerpos extraños.

El cadáver es un varón de entre 70 y 80 años aproximadamente, caucásico, de metro setenta y tres, cuero cabelludo escaso y cano, sin vello facial. Ojos… castaños de tono claro. Tomo evidencias gráficas de todo y archivo.

Realizo hisopado de las manos. Sin restos aparentes de pólvora o elementos extraños. Tomo muestra subungueal. Extraigo muestras de tejido negro en uñas de los dedos índice, corazón y anular de la mano derecha, índice y corazón de la mano izquierda. Nota: posible forcejo de la víctima.

Tomo muestra de cuero cabelludo y archivo para análisis posterior.

Peralta se encarga del fichado de huellas en este punto, mientras yo analizo las marcas dejadas en el cuello del cadáver.

Tomo muestras de microtejido del cuello. Todo parece indicar que el cadáver se asfixió por el ahorcamiento. La cara goza de una lividez anormal respecto al resto del cuerpo, no hay presencia de petequias. El surco dejado por el lazo es discontinuo en el lugar del nudo y los bordes están congestionados. El punto de suspensión está justo por detrás de la oreja izquierda y cruza la parte anterior del cuello por encima de la laringe.

Examinemos la lengua… Hinchada y seca, debido al ahorcamiento. Creo que podemos determinar la causa de la muerte de forma casi inequívoca.

Veo acumulación de sangre en los miembros inferiores y los antebrazos y algunas petequias. Estaba suspendido completamente durante la muerte.

Para finalizar con el examen externo tomo muestras con un hisopo de la sustancia oleosa que la víctima tenía pintada en la frente. Mando a archivar para posterior análisis en laboratorio».

«Inicio apertura del cuerpo con el tiempo craneal.

Limpio el hueso, no se aprecian lesiones aparentes. Saco la calota craneana.

–sonido de sierra–

El examen del cerebro no revela lesiones aparentes.

Inicio tiempo toracoabdominal. Procedo a perforar la dermis.

Necesito la cizalla para separar el tórax y proceder al pool de vísceras. Peralta, ¿puedes pasarme…?

–sonido gutural–

¡Mierda, Peralta! ¡Dios!

Lo siento, doctora. Yo…

¡Aarrgghh! Sabes que puedes contaminar todo esto, maldita sea. ¡Lárgate, llamaré a Moore! La madre que te…»

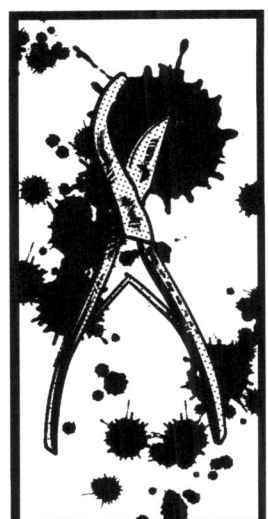

–se interrumpe la grabación–

–se reinicia la grabación–

«Retomo la autopsia de Trevor Austin, ahora en presencia de la inspectora Morgan Moore y el inspector Richard Freeman, sustituyendo al agente Peralta.

Prosigo con la extracción del neumotórax.

–sonido de cizalla–

Procedo con la recolección de las muestras en hígado, riñones, pulmón, corazón, segmento hepático y segmento de páncreas. Pincho vejiga para muestra de orina.

Debido a la causa aparente de la muerte, aporto evidencias de faringe, laringe y hueso hioides, carótidas, yugulares y neumogástrico.

Finalmente, tomo muestras de humor vítreo».

«Realizado examen interno, procedo a cerrar el cadáver, limpiar y remitir a la cámara. Fin de la autopsia».

11

24 de noviembre de 2010 – 21.36 h.
Casa de Feodor Templeton y Adalina Bourbank.

La agente Gina Ortiz espera pacientemente en el jardín trasero de la casa adosada. La noche está bastante cerrada y apenas puede ver nada, solamente la linterna de su compañero, Jackson, en la otra esquina de la casa. Ortiz no tiene inconveniente alguno en esperar, pues ha tenido que esperar toda su vida. Fue la menor de seis hermanos, y siempre le tocaba esperar. «La vida consiste en esperar hasta que se presenta el momento justo para actuar», ese es su mantra. Habrá quien no esté de acuerdo, pero a ella le ha ido bastante bien siguiéndolo. En la vida hay que ser paciente, previsor, y analizar las cosas con cabeza para asegurar el éxito. Por eso se le daban tan bien las vigilancias durante las patrullas, a veces esperando durante horas a ver cualquier movimiento y abalanzarse sobre los delincuentes como una pantera que espera tras los matorrales.

La inspectora Moore les había requerido para una detención, aunque no les había facilitado muchos más detalles. «Cuanto menos sepáis del tema, mejor», les había dicho, aunque sabían que estaba relacionado con el cadáver de la tipa del motel Cordial, y casi seguramente relacionado con el otro fallecido que Moore y Freeman encontraron la noche anterior. «Dos sospechosos. Freeman y yo entraremos por la puerta delantera, sin hacer ruido, tenemos una orden judicial, así que vamos a saco. Vosotros dos esperad en la parte trasera, por si intentan huir al vernos». Y así hicieron, en silencio, al amparo de la oscuridad nocturna, Jackson por la parte derecha y Ortiz por la izquierda. Y ahora esperan, ahora Ortiz espera, sin perder de vista la puerta. Pero si algo saca de quicio a Ortiz es que Jackson no sabe esperar, es muy impulsivo y, aunque a veces eso equilibra su balanza, transporta a Ortiz a un estado de tensión constante. Así que cuando Jackson abandona su posición para cruzar el jardín trasero y encontrarse con

Ortiz, ella emite un grito sordo que solamente ella puede oír en su cabeza, acompañado de su enojo. Cuando Jackson está a medio metro de ella, se permite el lujo de increparle en susurros.

–¡¿Qué cojones haces, Jackson?! –susurra Ortiz.

–No oigo nada –responde Jackson–. ¿Tú oyes algo?

–¿A ti te parece que oigo algo? Vuelve a tu posición y espera a Moore.

–Es que creo que algo más de información nos habría venido bien, ¿no crees? –replica el agente–. ¿Qué se supone que va a pasar? ¿Son hostiles?

–Jackson... –dice Ortiz en un tono calmado que rápidamente se torna encorajinado–. ¡Sé exactamente lo mismo que tú! Ahora vuelve a tu posición a esperar, idiota.

Jackson da media vuelta y comienza a dar pasos lentos con intención de cruzar de nuevo el jardín, pero cuando apenas ha avanzado dos metros, da media vuelta y regresa a la posición de Ortiz.

–Oye, ¿te enteraste de lo de Jewell en el bar la otra noche? Lo del tipo que...

A Ortiz le va a dar un ataque de tanto hiperventilar por la ira contenida, no puede soportarlo.

–Jackson, no es momento para estar de cháchara. ¡Vuelve a tu sitio!

Sin responder una palabra, Jackson vuelve a dar media vuelta y en esta ocasión consigue alcanzar los tres metros de jardín cuando, para desesperación de Ortiz, vuelve a girarse hacia su posición.

–¿No crees que ya deberíamos de haber escuchado algo desde dentro?

-Mira, pedazo de...

De forma casi profética, un disparo ahogado se escucha procedente del interior de la vivienda, acompañado de un fogonazo que se vislumbra a través de una de las ventanas del piso superior. Pasa menos de un segundo cuando otros dos disparos y otros dos fogonazos siguen al primero.

«Hora de actuar». Ortiz y Jackson se colocan a ambos lados de la puerta trasera, y es Jackson quien le propina una pesada patada a la misma, haciendo saltar los bornes. Ortiz entra primero mientras Jackson recupera el equilibrio. Las luces están apagadas, pero la linterna del arma alumbra lo propio para permitir avanzar a Ortiz de una forma segura.

–¡Manos arriba! –Ortiz escucha a la inspectora Moore gritar desde lo alto de las escaleras.

–Jackson, inspecciona la planta baja –ordena Ortiz a su compañero–, yo voy con Moore.

Jackson responde con un «recibido» y se desvía hacia una habitación a su izquierda. Ortiz gira rápidamente hacia su derecha para encarar las escaleras de mármol que conducen a la planta superior, siempre con la pistola en ristre. Una vez arriba, gira hacia la izquierda, hacia el foco de luz de la habitación que se ve desde el jardín trasero. En la puerta de la habitación ve a la inspectora Moore, tirada en el suelo, con lo que parece ser el cadáver de un hombre semidesnudo echado sobre ella. Hay un revólver no reglamentario en el suelo, que Ortiz se asegura de no perder de vista en ningún momento. Freeman encañona a una mujer que está arrodillada y con las manos sobre la cabeza, mirando hacia la puerta de la habitación. La mujer tiene otro revólver en el suelo frente a ella, a apenas unos centímetros. Ortiz se asegura de no quitarle ojo a esa arma también. La situación parece controlada, así que Ortiz corre a comprobar el estado de la inspectora Moore, que jadea en el suelo.

–Estoy bien, estoy bien –dice la inspectora entre toses–. Este hijo de puta se me ha abalanzado disparando y lo he abatido. Pesa un quintal. Ayuda a Freeman, esposa a esa cabrona.

Freeman no deja de apuntar a la mujer, sujetando con ambas manos firmemente su pistola. Ortiz guarda su arma y saca las esposas desde la parte de atrás del cinturón. Se centra entonces en la mujer. Esbelta, morena, de unos cuarenta, con piel muy pálida y ojos de color caramelo. Viste un camisón que deja transparentar lo justo, y un hilo de sangre corre desde la nariz hacia los labios. Lo que llama realmente la atención de Ortiz es la sonrisa que le cruza la cara, macabra y sin sentido. La mujer acaba de ver cómo ha muerto el tipo que estaba con ella y sonríe. Sonríe. Ortiz nunca había visto una sonrisa como esa, ni siquiera cuando detuvieron al pirado que mataba mujeres en la calle Factory apenas días atrás, y eso que al tipo le faltaban un buen par de tuercas y cantaba cuando lo detuvieron. Esa sonrisa tenía algo de tenebroso, así que Ortiz se aseguró de apretar bien las esposas alrededor de las muñecas de la mujer. No fue hasta ese momento cuando Freeman se relajó y bajó el arma, para seguidamente ayudar a la inspectora Moore a levantarse del suelo, quitándole al pobre desgraciado de encima.

–Pesa demasiado para ser un *nerd* de internet y las finanzas. ¿No?

–No creo que sea algo que vaya de la mano, inspectora –dice Freeman sacudiéndose las manos después de levantar a Moore.

–Tú…

La mujer del camisón se inclina hacia adelante, como un búho girando la cabeza para ver mejor a un roedor.

–Tú… –dice la mujer sin dejar de esbozar esa macabra sonrisa–. Crees que has ganado, eso crees, ¿no? ¿Crees que es algo que se pueda detener? Esto no se puede detener.

–Dime, Bourbank, jodida loca del diablo –dice Moore acercando su cara a la de la mujer–, ¿tú quién eres? ¿Arcángel, Legión o Jinete?

–El arcángel es capaz de transportar a la gente a su mayor éxtasis, al cielo prometido, al miedo –Ortiz siente un tirón cuando la mujer se estira hacia atrás y hace un gesto como si estuviese oliendo algo en el aire.

–Creo que empiezo a ver vuestra lógica. –La inspectora Moore se acerca hacia el hombre que yace en el suelo y lo gira de modo que queda bocarriba–. Déjame adivinar. Algoritmos de búsqueda, bancos, Internet… Templeton era Legión, ¿cierto?

La inspectora no obtiene respuesta, pero la mujer emite un sonoro «jum» que Ortiz traduce como afirmación.

–Loetrak initrak ohe Agramón.

Algo en esas palabras hace que Ortiz afloje sus manos de los brazos de la mujer.

–Loetrak initrak ohe Agramón.

–Llévatela, Ortiz –dice la inspectora dándose la vuelta–. Ya le apretaremos las tuercas en comisaría.

–Él viene. Loetrak initrak ohe Agramón.

Algo en la cabeza de Ortiz parece dejar de funcionar al escuchar ese mantra, como cuando se funde una bombilla en un circuito eléctrico.

–Tú…

La mujer gira la cabeza hacia Ortiz y aprieta la mandíbula. Con un ligero *crack* de la boca de la mujer sale un humo de color rosado que Ortiz no puede evitar inhalar. Queda impregnada por el humo, que le escuece en las fosas nasales y la garganta. Se lleva las manos a los ojos, que entrecierra por el espesor del aire. Le pican, mucho. Vuelve a abrirlos lentamente y entonces Ortiz ve algo que nunca antes había visto tampoco. Donde antes estaba la mujer, ahora hay un cadáver en descomposición, de pie, mirándola con cuencas vacías, y con serpientes, cientos de serpientes saliendo de su cabeza, como si fuesen su cuero cabelludo. «Medusa», susurra Ortiz.

–¡No! ¡No!

Por primera vez en su vida Ortiz no espera. Siempre ha esperado, pero ante la amenaza de la muerte, mirándola directamente a los ojos, no espera. Las serpientes sisean y se lanzan a por ella intentando morderla. El veneno gotea desde sus afilados dientes, y

el cadáver ríe. Ríe de forma hueca, sin dejar de mirarla con esos ojos vacíos y muertos. Las tiras de piel que cubren pobremente partes del cadáver caen al suelo con un sonido viscoso. No deja de repetir una y otra vez la misma frase. «Loetrak initrak ohe Agramón». Y Ortiz no espera, por primera vez en su vida no espera y desenfunda su pistola. No espera réplica, y no dispara una ni dos veces, ni tres ni cuatro. Cuando quiere tomar consciencia, ha vaciado el cargador entero sobre el cadáver y oye un ligero *clic* que indica que no quedan más balas en la pistola. Pero la Medusa ha caído, y ya no se ríe.

De repente, una fuerza invisible tira a Ortiz al suelo, como empujada por un fantasma agresivo en defensa de su criatura hermana yacida en el suelo por culpa de la agente. Cuando gira la cabeza ve que lo que la ha tirado al suelo es otro cadáver en descomposición, desdentado, cuyas vísceras caen encima de su cara como trozos de carne cubiertos en gelatina de fresa. Y ríe, el maldito cadáver ríe. No deja de ejercer presión, y Ortiz lucha con todas sus fuerzas para zafarse del engendro diabólico. Más cadáveres se suman a la lucha, intentando reducir a Ortiz, intentando arrastrarla al infierno, a convertirse en una de ellos. Ortiz sigue luchando y grita, grita «hoy no, bestias inmundas», y lucha con todas sus fuerzas. Pero los monstruos son más fuertes y la recluyen de nuevo en el suelo. Entonces Ortiz ve cómo una de las serpientes del cuerpo sin vida de la Medusa se arrastra por el suelo, sibilante, asquerosa, y se le sube por el hombro hasta la espalda. La serpiente se enrosca en sus muñecas fuertemente, e inmoviliza a Ortiz por completo. Los cadáveres ríen, ríen tan estruendosamente que Ortiz apenas llega a escuchar una sola frase a lo lejos.

«¡¿Qué coño te pasa, Ortiz?! ¡Llamad a una ambulancia!»

Y, de nuevo, Ortiz espera. Espera a ser una más. Y ríe, ríe fuertemente, hasta que su risa ahoga todo lo demás.

12

25 de noviembre de 2010 – 00.27 h.
Casa de Morgan Moore y Cordelia Burrows.

Una gota de sudor cae por la sien de Morgan. Nunca antes había subido las escaleras que llevan hasta su piso a tanta velocidad. Pero nunca antes había sufrido esa sensación de peligro real. No hacia ella, sino hacia una persona querida. La pistola le pesa en la cartuchera del cinturón y le golpea la cadera a cada salto que da subiendo los escalones de dos en dos. Morgan tiene buen fondo físico, lo que le permite aguantar más que la mayoría de los agentes del departamento en una persecución real, algo que no es muy complicado, pues dos tercios de los agentes estaban en bastante mal forma física, seguramente producto de la ausencia de delitos callejeros en Lost Bay. Dos escalones más. A Morgan empieza a faltarle el aire en los pulmones cuando llega al quinto piso en menos de treinta segundos desde que aparcó el coche en la calle. «Aparcó el coche». Dos escalones más, la cartuchera le vuelve a golpear la cadera. Todo sonido desaparece opacado por los latidos del corazón de Morgan y su jadeante respiración. En su cabeza resuena una frase ininterrumpidamente, una sola. Una frase que, estando en comisaría, ha recibido hace treinta minutos en un mensaje de Cordelia.

Cordelia: Loetrak initrak ohe Agramón.

En cualquier otra ocasión no le habría dado la más mínima importancia. «El corrector» habría pensado. Pero apenas unas horas antes le había escuchado decir esa misma frase a una jodida loca que había mordido una cápsula escondida en un diente, provocando que la agente Ortiz perdiese totalmente el juicio y la emprendiese a tiros con ella. «Loetrak initrak ohe Agramón». No era el corrector, pues ya sabía lo que significaba la última palabra de esa frase. «Miedo». Miedo es lo que sintió cuando leyó el mensaje. Lo que sintió mientras salía de comisaría y arrancaba el coche. Lo que sintió mientras circulaba a una velocidad más que imprudente por las calles de la ciudad para llegar a su casa lo antes posible. Y miedo es lo que siente ahora mientras sube las escaleras hasta el octavo piso, donde reza por que Cordelia esté bien y todo sea una broma de mal gusto. Que todo sea obra de algún *hacker* de esos que le ha pirateado el teléfono y haya mandado un mensaje al azar. Mientras sube jadeante las escaleras y esa frase, ese mantra, resuena en su cabeza, comprende las palabras de Victor Mignola, de Milton Finch y de Carl Alary, comprende a Agramón. Agramón es el miedo en estado puro. Miedo es lo que siente, como nunca antes lo ha sentido. Nota cómo se le eriza el vello de la nuca solo de pensar en que a Cordelia le pueda esperar el mismo destino que a Juliet Phillips o a Trevor Austin, e intenta apartar ese pensamiento de su cabeza. Dos escalones más.

Tan solo cincuenta segundos han bastado para que Morgan alcance el octavo piso, mas para ella se han sentido como una eternidad en el tiempo. Dos puertas por cada planta, Morgan enfila la de la izquierda, la de su piso, mientras acaricia lentamente el frío metal de su pistola al sacarla de la cartuchera con la mano derecha. La luz del rellano es automática, se activa con el movimiento, pero no se enciende cuando Morgan pasa por delante hasta llegar a la puerta. Coge un poco de aire de la forma más silenciosa que puede, y avanza un paso tras otro, muy lentamente. Se lleva la pistola al pecho mientras con la mano izquierda palpa la puerta del domicilio. Esta cede al ejercer un mínimo de presión. «Abierta», pero la cerradura no está forzada. Simplemente abierta. Morgan entra en el piso sigilosamente, analizando todo en cada vistazo que da, con la pistola enhiesta a la altura de sus ojos. El corredor de la entrada tiene la luz apagada, como también la cocina a mano derecha, pero un haz ilumina el entorno de una forma cruda, resaltando las sombras allá donde llega el espectro de luz. Morgan distingue fácilmente el foco, pues procede del salón principal, justo frente a ella. La puerta está cerrada, pero la luz se escapa hacia el corredor por el cristal translúcido de la parte superior. Intenta no dejarse llevar por el miedo para no gritar llamando a Cordelia. En su lugar, avanza muy pausadamente hacia la puerta del salón. La luz se abre paso más y más en su rostro, quedando atrás las tinieblas y la seguridad. Vuelve a llevarse la pistola al pecho y empuja ligeramente con su otra mano la puerta frente a ella. «Miedo».

La luz procede de una lámpara de pie tras el sofá de dos plazas al fondo de la habitación. No es muy intensa, lo justo para perfilar tres siluetas en el centro de la sala. Morgan distingue a la persona arrodillada entre las otras dos figuras en pie: es Cordelia. Aún lleva la ropa del trabajo, pero la mordaza que le tapa la boca es cortesía exclusiva de sus invitados, al igual que el tono rojizo de su mejilla izquierda y la cuerda que ata sus manos a la espalda. Al verla, Cordelia abre enormemente los ojos y emite un quejido ahogado a través de la mordaza.

–Inspectora Moore, veo que recibió mi mensaje.

La voz proviene de la figura de la izquierda. Morgan no llega a distinguirla con claridad, pero es evidente que viste una especie de toga larga que la cubre desde la cabeza a los pies. La figura de la derecha de Cordelia viste el mismo tipo de ropaje, pero es algo más alta que la de la izquierda, con una complexión totalmente diferente. Ambas llevan lo que a Morgan se le antoja como una especie de máscaras, que reflejan la luz desde atrás con un tono amarillento o dorado, casi cegador. Aunque las dos máscaras cubren en su totalidad los rostros de los captores, la de la derecha de Cordelia se diferencia por sobresalirle cuatro picos pequeños hacia arriba, mientras que la máscara de  la persona de la izquierda es de un tono azabache, y tiene una forma parecida a un gato. «Esa voz», piensa Morgan al escuchar hablar a la primera figura. Eleva un poco más la pistola, apuntando a las dos siluetas en medio del salón, amenazante.

–Soltadla. Ahora mismo –exige Morgan con un tono amenazante.

La figura de la máscara de gato acaricia con el dorso de su mano la cara de Cordelia, justo donde tiene el moratón de la mejilla.

–Se ve que algo se le ha pegado de usted, inspectora –dice la figura con un tono sosegado–. Se defendió bien durante unos minutos.

–Creo que ya nos conoce –La segunda figura tiene un tono de voz claramente masculino, en comparación con la primera que, sin duda, es una mujer.

–Jinete, supongo –responde Morgan apuntando al hombre con la pistola–. Y…

–Duquesa –responde la mujer de la máscara de gato.

–Ahora que ya nos conocemos todos, panda de pirados –sigue diciendo Morgan–, vamos a hacer esto de la forma más limpia posible. Primero vais a soltarla a ella, y después os vais a quitar esas ridículas máscaras y a tumbaros en el suelo bocabajo, muy lentamente y sin sorpresas.

–Aún no le hemos dicho qué queremos –afirma el hombre enmascarado.

–Ni falta que hace –responde Morgan adelantando un paso hacia las figuras–. Ya sé de qué va todo esto, sé lo del ritual, la llegada, los textos sagrados, las mascaritas, los títulos… sé toda esa mierda y no puede importarme menos. Así que ahora…

–Si tanto nos conoce y tanto nos ha estudiado estos días, estoy segura de que habrá oído hablar del Azote.

Morgan nota un golpe seco a la altura del estómago que la deja sin respiración durante un segundo. Logra mirar hacia su izquierda y se percata entonces de una cuarta figura que hasta ahora había permanecido en las sombras, vestida totalmente de negro, con una capucha que la hace irreconocible, y un bastón o báculo de color oscuro que ahora tenía Morgan a la altura de las costillas, recibiendo un segundo golpe. Un tercer impacto con el bastón en las manos obliga a Morgan a soltar su pistola, que cae al suelo con un ruido seco; mientras que un cuarto golpe cargado hacia la mejilla la desorienta completamente, haciendo que todo le dé vueltas en la cabeza y la luz, por escasa que resulte, le dañe los ojos. Cordelia vuelve a emitir un grito ahogado.

–Azote, si no te importa, la pistola de la inspectora Moore –dice la mujer enmascarada extendiendo la mano mientras recibe del mudo matón el arma de Morgan, que sigue tosiendo por el golpe en el estómago–. Gracias.

La Duquesa admira la pistola de Moore a través de las rendijas para los ojos de la máscara. Morgan puede ver cómo esos ojos brillan por un instante antes de devolver la pistola al asesino de la orden.

–Toma, Azote, gracias. Ya sabes lo que hay que hacer.

Azote asiente sin pronunciar ni una sola palabra y se coloca al lado de Cordelia. «Miedo».

–Ahora que ya nos conocemos todos, y ahora es cierto, inspectora, le diré lo que queremos –dice Duquesa mirando fijamente a Morgan con esos ojos negros a través de la máscara–. Renacimiento. Loetrak initrak ohe Agramón.

Un fogonazo cruza el salón, alumbrándolo completamente durante un segundo. Morgan tiene que cerrar los ojos por el deslumbramiento, y rechina los dientes por el ruido. En ese momento teme lo peor. Teme que haya tirado su vida completamente. Teme que, al igual que el excomisario Mignola y el doctor Alary, su profesión y su devoción hayan pasado factura a su vida personal. Y, por primera vez en su vida, ahora siente miedo por ella misma. «Cordelia».

Morgan abre los ojos lentamente, de nuevo la semioscuridad en el salón, y se sorprende cuando ve que Cordelia sigue arrodillada, con los ojos muy abiertos, e intenta articular palabras a través de la mordaza que cubre su boca, exaltada y nerviosa. El cuerpo que yace detrás de ella no es otro que el de Jinete, que comienza a extender por el suelo una capa de sangre, arropándolo como si se hubiese caído sobre una cama para descansar.

–Renacimiento –repite Duquesa con un susurro, arrodillándose junto al cuerpo sin vida de Jinete, al igual que Azote, admirando su obra de muerte.

Duquesa retira la máscara de Jinete, dejando ver el rostro de un hombre de unos cincuenta años, de pelo castaño y perilla del mismo color, con ojos marrones, ahora de expresión vacía. Lleva dos dedos al charco de sangre que emana del hombre muerto, manchándolos como si fuesen el pincel de un artista que va a comenzar a pintar un cuadro, y los lleva a la frente del pobre diablo, dibujando un garabato que Morgan identifica como un intento del símbolo de Agramón. Recuerda entonces lo que le dijo el doctor Alary: «toda muerte debe ser entregada».

«Es ahora o nunca». La cabeza de Morgan da vueltas, y sigue deslumbrada por la luz y el fogonazo, pero es ahora o nunca. Como un animal salvaje, de un solo salto, Morgan cruza el salón, extendiendo los brazos y abalanzándose sobre Azote, que se gira sorprendido por la acción de la policía. Duquesa se aparta igualmente anonadada por la acción, dejando el escenario propicio para el forcejeo que tiene lugar entre Morgan y el asesino. Si Morgan tiene fuerza, el tipo aplica el doble, y Morgan lo nota en cada embestida que le proporciona. Tras intercambiar algunos puñetazos y arrastres contra los muebles del salón, Morgan consigue que el matón suelte el arma al clavarle justo en el antebrazo un trozo de cristal de una de las estanterías contra las que la ha lanzado. Y ni siquiera entonces grita el cabrón, simplemente mira su mano y saca el cristal manchado de sangre, tomándolo como arma. Morgan consigue un par de esquivas antes de que Azote la corte un par de veces en el torso y el brazo izquierdo. Morgan hace todo lo posible por no gritar tampoco, que ese cabrón vea que ella también es dura. Otra esquiva, y otra más, hasta que Morgan consigue agarrar los brazos a su agresor y nuevamente comienzan a forcejear. Pero si ella ejerce presión, él ejerce más. Entonces, Morgan decide aplicar una técnica que no te enseñan en la academia. Una técnica que Roxy le enseñó por si se cruzaba con «el loco» en esa primavera de 1982 y que le había enseñado a su vez su hermana mayor. Roxy la había llamado «patada en los cataplines». Seguramente no habría valido esa técnica realizada por una niña de doce años contra un drogodependiente, pero sin duda valdría llevada a cabo por una inspectora de policía contra un malnacido. Morgan no tiene ni que pensarlo, actúa instintivamente, y le propina toda una patada en los cojones al tipo, que cae redondo al suelo. «Y ni aun así grita el cabrón», piensa Morgan. Sin embargo, no ha conseguido reponerse de la pelea cuando algo le golpea la cabeza duramente desde la parte de atrás, con el sonido de un centenar de cristales haciéndose añicos. Morgan cae. Cae a plomo contra el suelo y se golpea la cabeza, pero ya ni siquiera le duele, simplemente todo comienza a oscurecerse. La vista le alcanza lo justo para distinguir a Cordelia tirada en el suelo frente al sofá, aún con vida, gracias a Dios, y exhalando esos gritos sordos en un intento por pedir auxilio. La cabeza empieza a darle vueltas.

–Es dura de pelar, inspectora –dice una voz detrás de ella–. Nunca nadie había podido derrotar a Azote. Siento que ya no le sea útil a la Sociedad.

El jarrón que antes reposaba al lado del televisor ahora se encuentra hecho añicos frente a Morgan, con restos de sangre que claramente provienen de su cabeza. «Adoraba ese jarrón». Otro fogonazo alumbra la sala, a la par que Morgan ve salir disparadas varias gotas de sangre desde el cuerpo de Azote a su izquierda.

–Loetrak initrak ohe Agramón.

Duquesa sale también por su izquierda, pasando por encima del ahora difunto Azote, con la pistola aún humeante de Morgan en su mano. El olor a pólvora penetra en las fosas nasales de la inspectora y le llega hasta el cerebro. Todo le da vueltas y más vueltas.

–No quiero dejarla con la duda. No soy tan cruel –dice la mujer dirigiéndose al cuerpo de Jinete–. Le presento al sacerdote Abraham Kieron, originario de Board Hills, y que lleva en la orden más tiempo del que puedo contar. Viejas glorias que malinterpretan los textos sagrados. Renacimiento. Y Azote… me temo que ni siquiera sé su nombre, simplemente cumplía con lo que se le ordenaba. Renacimiento.

«Esa voz», Morgan está segura de haber oído esa voz antes, aunque no tan apagada por la máscara. La cabeza le da vueltas, no consigue centrarse en nada, la luz se está apagando. Cordelia. Cordelia está bien. Tiene que levantarse y acabar con esta pesadilla, por Cordelia, por ella, por todos. «Levántate, vamos, levántate». Todo da vueltas. Esa voz.

–Esa voz… –susurra Morgan haciendo un esfuerzo sobrehumano por no desmayarse–. Towers.

La mujer ríe escandalosamente. Morgan sabía que había oído aquella voz antes.

–Bravo, inspectora –dice Duquesa, qui-
tándose la máscara para desvelar el rostro de
Hope Towers, la fotógrafa forense–. Al final
no iba tan desencaminada su animadversión
hacia mí. No era ningún secreto, créame. Y,
desde luego, es algo mutuo.

Morgan intenta articular palabra, pero lo
único que sale de su boca es un soplo leve de
aire sin coherencia vocal alguna.

–Ha estado cerca, inspectora, muy cerca
–afirma Towers girando sobre sí misma–. Lástima que todo termine aquí y ahora. Pero le
concederé dos cosas. Puede llamarlo cortesía
profesional si quiere. Ya que se ha tomado la
molestia.

Towers se acerca a Cordelia, que se ha vuelto una mera espectadora
dora de la escena y cuyas lágrimas le caen por las mejillas, indefensa.

–Lo primero que le concederé es que a su Cordelia no le va a
pasar nada. No me interesa, ella no nos es útil.

Towers le propina un fuerte golpe con la culata de la pistola de
Morgan a Cordelia en la sien, que cae desplomada contra el suelo.

–Lo segundo es una promesa, Moore –Towers regresa hasta ponerse frente a Morgan, agachándose para mirarla directamente a los
ojos–. Usted será testigo de todo.

Towers se levanta y lanza una patada con fuerza a la cara de
Morgan, que recibe con desagrado el golpe del talón de la bota militar,
quedándole un regusto a sangre que le baja de la nariz hasta los labios.
Todo se queda en negro y Morgan cae por un abismo de silencio, oscuridad e ignorancia. No le duele nada, simplemente cae.

«Miedo».

13

25 de noviembre de 2010 – Hora desconocida.
Ubicación desconocida.

Morgan siente el áspero tacto de la tela sobre su cabeza. Hace ya un par de horas que ha recuperado el conocimiento, y por el olor sabe que ya no se encuentra en su piso, sino en un sitio mucho más húmedo y terroso y, por las variaciones de luz, donde no hay electricidad, sino que es el fuego lo que ilumina el lugar. Sin duda se encuentra en algún emplazamiento bajo tierra. Pero apenas se detiene a pensar en ello. En su cabeza solo hay hueco para una duda y una esperanza, la de que Hope Towers, esa asesina depravada, haya cumplido con su palabra y Cordelia se encuentre fuera de peligro. Sabe que no está ahí con ella, pues tras llamarla unas cuantas veces no ha obtenido respuesta, así que no está ahí, sea donde sea «ahí».

Ahora sí le duele todo, especialmente el golpe en la nuca, más que los cortes y los mazazos en el estómago. Más incluso que la patada que ha recibido con la cara. «Towers, asquerosa hija de…», nunca le dio buena espina. Sabía que escondía algo, y ahora tiene la confirmación de lo que era. Escondía que era una jodida chiflada adoradora de demonios satanista y asesina. Tarde o temprano rendirá cuentas con ella, Morgan está segura de eso, y entonces no habrá piedad para nadie.

Le han atado las manos a la espalda con algún tipo de cuerda rugosa que la mantiene totalmente inmovilizada. También le han colocado sobre la cabeza una bolsa de tela que le permite distinguir únicamente los fogonazos de luz que se cuelan a través de las pequeñas rendijas de la costura. Podría levantarse y salir corriendo sin problemas, pero no sabe hacia dónde. Sin usar las manos y sin ver nada, solamente le queda esperar. Esperar y rezar por su vida y la de Cordelia. A estas alturas, seguramente Freeman la estará buscando o habrá intentado llamarla. Si es listo, irá a su casa, y allí puede que encuentre a Cordelia, que le diga lo que ha pasado y… y luego ¿qué? Nadie sabe dónde está, ni siquiera ella. No, ahora solo le queda esperar un milagro.

Cree escuchar algo a lo lejos, un cántico cuya letra no logra distinguir, traído por el viento que corre bajo sus pies. Se va haciendo más fuerte, más y más fuerte, hasta que empieza a reconocer algunas de las palabras. Su cabeza hace el resto y reconstruye la frase que las voces cantan a lo lejos una y otra vez.

«Loetrak initrak ohe Agramón».
«Loetrak initrak ohe Agramón».
«Loetrak initrak ohe Agramón».

Agudiza el oído, intentando centrarse solamente en el cántico, dejando de lado el silbido del aire y el chisporroteo de unas llamas cercanas. Sin duda el cántico repite ese mantra que tanto ha escuchado en las últimas horas. Cientos de voces al unísono, retumbando en las paredes que transmiten los tonos graves y hacen temblar el viento a su alrededor.

«Loetrak initrak ohe Agramón».

De repente oye unos pasos. Dos personas, una más pesada que la otra, que arrastra los pies ligeramente al andar. Cada una se coloca a un lado de Morgan y la levantan tirando de sus brazos hacia arriba.

–¡En pie! Te toca caminar –dice uno de los hombres que la ha levantado y ahora la empuja hacia adelante–. Se te acabó la suerte, el Gran Maestre quiere verte.

Las botas de Morgan redibujan el patrón de la tierra bajo ellos a cada paso que da. Dos pasos cortos, uno largo y un arrastre. Dos pasos cortos, uno largo y un arrastre. Así, un fogonazo de luz tras otro a través de la capucha, hasta que los dos hombres que tiran de ella se detienen. El cántico es cada vez más audible: «Loetrak initrak ohe Agramón». Ahora puede entenderlo con toda claridad, cientos de voces coreando eufóricas.

–¡Venga, camina! –Los hombres vuelven a tirar de Morgan, que cuidadosamente da un paso tras otro, evitando tropezar.

A punto se encuentra de caer al vacío cuando su pie derecho se abalanza hacia adelante y no encuentra el suelo. Rápidamente, adelanta el pie izquierdo y consigue mantener el equilibrio. «Escalones». Uno, dos, tres... «La escalera al infierno», piensa. Pero no, finalmente toca un fin y los hombres siguen tirando de ella en línea recta. Mientras camina, huele la madera quemada en el aire, la tierra y la humedad, ahora más fuerte que antes. El cántico cesa de repente con un sonoro «Agramón» que retumba en un eco infinito, para ser sustituido por otra voz. Una voz de mujer, joven por su tono.

– ¿Qué se supone que debo hacer ahora? –Escucha decir a la voz más allá–. Espere, tengo una idea.

El hombre que la arrastra por la derecha le da un empujón a Morgan para que reanude la marcha. Uno de sus pies se topa contra algo invisible, así que sube el otro pie para volver a encontrar suelo. «Escalones hacia arriba». Morgan sube los escalones y empieza a estar harta de esta situación, así que no puede evitar una irrefrenable amenaza.

– ¡Soltadme! No sabéis quién soy –grita a través de la tela que cubre su cabeza–. ¡Soltadme, hijos de puta!

Vuelve a caminar sobre superficie firme y el captor de su izquierda le da una patada en las piernas que la obliga a arrodillarse. Siente la tierra removida bajo sus rodillas, y de nuevo escucha esa voz de mujer.

–Preguntémosle a alguien –dice la voz mientras le quita la capucha de la cabeza de un tirón–. Longbow, le presento a la inspectora de policía Morgan Moore.

La luz le daña los ojos, tanto que apenas puede distinguir la figura de una persona frente a ella, con una toga más elaborada que la que le ha visto a Towers y al sacerdote en su casa, y también con una máscara más elaborada. «El Gran Maestre». Sin embargo, al contrario que con Towers, Morgan no distingue la voz de esa mujer. Pero... «¿Ha dicho Longbow?». Morgan recupera ligeramente la vista, y pasa de sombras a borrones de colores. Distingue varios focos de luz que parecen ser antorchas colocadas en unos pilares de piedra enormes, así como una mesa de piedra a su derecha, con un mantel o algo parecido de color rosado y varios objetos sobre ella. A su izquierda, bajando las escaleras, se extiende una amplia galería de la cual apenas llega a ver el fondo, y en la que esperan pacien-

temente cientos de personas, todas ataviadas con unas túnicas más rudimentarias, con el símbolo del culto en el pecho, y máscaras negras que hacen imposible su identificación. Frente a ella logra ver un bulto. No, dos bultos. La vista la está matando, sobre todo con la luz tan tenue. Hay dos personas arrodilladas. A una de ellas no la logra distinguir, pero al hombre de la izquierda está segura de haberlo visto antes. También se encuentra arrodillado y con las manos atadas a la espalda. Complexión media, unos cuarenta años, pelo negro con algunas canas en las sienes, cejas frondosas y mirada de sabueso. Sí, está segura de haberlo visto antes, en las fotografías de archivo que le facilitó Freeman y que colgó en el tablero de su despacho. No tiene duda alguna, el hombre es el detective privado Ardyan Longbow. Qué equivocada estaba respecto a Longbow si se encuentra en la misma situación que ella. «Otra víctima más de esta maldita secta», ahora lo comprende, aunque aún le quedan huecos por rellenar, pero ahora lo comprende. El telón cae, la obra termina y a Morgan le da la sensación de que han perdido el juego.

–Por si no lo sabe, la inspectora Moore es quien le ha estado pisando los talones estos días. –La Gran Maestre camina hacia Longbow con decisión–. Ha sido la persona a cargo de la investigación policial desde lo del motel.

La Gran Maestre cruza la mesa frente a Morgan y es entonces cuando lo ve a su derecha, tras esa mesa: Agramón. Allí está, esculpido en una gigantesca estatua de piedra de treinta metros que se erige sobre todos sus adeptos, poderosa e implacable. Es una figura absolutamente demoníaca en el sentido literal de la palabra, con ojos penetrantes, cuernos que le salen de la cabeza y señalan al cielo con aire hereje, alas de piel, garras acabadas en dedos puntiagudos y unos dientes afilados y desgarradores. Morgan mira hacia la base de la estatua y se le revuelve el estómago. Bajo la figura de Agramón distingue esculpidos los cuerpos desmembrados y cadavéricos de decenas de personas, pidiendo clemencia y mostrando sumisión a su señor, ardiendo en las llamas del infierno.

–Y todo a raíz de esto –La Gran Maestre se coloca frente a Longbow y la otra persona que Morgan no logra distinguir aún y levanta algo con su mano izquierda–. ¿Le resulta familiar, Longbow?

Morgan cree distinguir un destello en la mano de la mujer de la máscara, algo brillante, algo metálico. «¿Una pistola?». La respuesta a esa pregunta no se hace esperar, de la forma más desafortunada posible. La Gran Maestre extiende su brazo hacia Morgan y…

BLAM.

Ahora sí le duele. Siente cómo el hombro izquierdo le quema después de la sensación de mordisco de la bala atravesándolo. Un chorro de sangre se escapa enérgico por el agujero dejado por el proyectil. Todo vuelve a oscurecerse demasiado deprisa. Morgan está cansada, muy cansada, tal vez sea hora de dormir. Cae al suelo de espaldas, ni siquiera hace lo más mínimo por evitarlo, se deja llevar. El hombro le arde y todo sigue oscureciéndose. El calor del fuego y la humedad dan paso a un frío gélido inexplicable. Todo son sombras. Su hombro quema y está mojado. Morgan duerme. Se deja llevar y duerme.

**

RUMBLE... RUMBLE...

Todo se mueve. Morgan siente los granos de arena saltar y el suelo moverse bajo su cuerpo. Morgan siente, cuando piensa que no debería sentir nada. Pero siente calor, muchísimo calor, y el suelo retumbar una y otra vez. El aire es demasiado denso. Morgan toma una bocanada de aire y el humo entra en sus pulmones, obligándola a toser. Aún le arde el hombro, aunque ahora tiene la sensación de que todo su cuerpo arde, como si la hubiesen tirado a una olla de agua hirviendo gigante. Tose un par de veces más, intentando buscar aire entre el humo sofocante y el polvo. El nudo de la cuerda que aprisiona sus manos se afloja y, tras un par de ademanes, consigue librarse de sus ataduras. Después se gira levemente sobre sí misma buscando un punto de apoyo, pero lo que encuentra es un par de brazos que la ayudan a incorporarse. Abre un poco los ojos y ahí está el tipo, Longbow, tirando de ella hacia arriba. No sabe cómo ni le importa, pero ha logrado librarse también de sus captores y ahora la está ayudando.

–Vamos, inspectora –dice el detective incorporándola rápidamente–, hay que salir de aquí.

–Longbow... –Un hilo de voz sale de la boca de Morgan con dificultad.

–Las palabras para más tarde –replica Longbow–. Joder.

Morgan mira el panorama frente a ella. ¿En qué momento ha comenzado todo a arder en llamas? La mesa, la estatua del demonio, los pilares, el suelo... todo sucumbe al paso de unas llamas prometeicas.

–¿Qué ha pasado? –pregunta Morgan, sorprendida.

–Luego se lo cuento. Ahora corra.

Morgan y Longbow bajan los escalones de la zona del altar en dirección al otro extremo de la gran catacumba y se adentran, tras subir por otra escalinata, hacia el interior de una galería de pasillos esculpidos bajo la propia piedra. Los pasillos que atraviesan son angostos y oscuros, únicamente iluminados por las pocas antorchas que hay dispuestas en una de las paredes laterales cada ciertos metros. El hombro de Morgan le arde, y ha perdido totalmente el control del brazo, que cae inerte a un lado del cuerpo. Con el otro se sujeta al cuello de Longbow, que tira de ella con fuerza para evitar perder el ritmo. Siguen a paso ligero por una infinidad de pasillos que parecen todos exactamente iguales. Para sorpresa de Morgan, no son los únicos que corren como pollos sin cabeza atravesando la galería, pues los acólitos o sectarios del culto, o como quiera que se hagan llamar, también huyen despavoridos de la escena de las llamas que dejan atrás al grito de «¡fuego!» y «¡salgamos de aquí!».

RUMBLE.

Un puñado de cascotes cae desde el techo justo al lado de Morgan. El polvo comienza a acumularse también en esa parte del laberinto de pasillos y los escombros resuenan al chocar unos con otros por los temblores.

–Todo se está viniendo abajo –avisa Morgan mirando a Longbow.
–Sí, culpa mía, creo –responde el hombre–. Hay que darse prisa.
–¿Hacia dónde vamos? –pregunta Morgan.
–Ni idea –dice Longbow–, tú sigue a los de las togas.

Esa respuesta no tranquiliza en absoluto a Morgan, pero no por ello deja de correr, intentando acelerar a cada paso que da.

El laberinto no termina nunca, pero los sectarios parecen saber muy bien hacia dónde se dirigen, porque ni siquiera dudan al llegar a las bifurcaciones de los túneles. Morgan da las gracias por poder seguirlos, ya que de otro modo está segura de que habría perecido aplastada por el derrumbe de alguno de los corredores.

«Aire». Un soplo de aire fresco golpea a Morgan en la cara, que nota cómo el ambiente se empieza a volver menos denso y respirable. Las antorchas apostadas en los laterales de la galería desaparecen para dar lugar a un rayo de luz blanquecina al final del túnel.

–¡Ahí está la salida! –exclama Longbow.

Tanto él como Morgan aceleran el paso todo lo posible.

RUMBLE. RUMBLE. RUMBLE.

-No se pare ahora. ¡Corra, Moore!

BOOM.

Una fuerte explosión desde el interior de la galería lanza por los aires a Morgan, a Longbow y a varios sectarios detrás de ellos, disparados hacia la luz de la Luna que alumbra con gracia la caída de los mismos sobre un blando e irregular pasto verde. Morgan cae, intentando cargar todo su peso en su brazo derecho al incorporarse. Longbow está sentado a su izquierda, apoyado sobre las palmas de las manos. El humo se disipa poco a poco frente ellos y Morgan distingue la entrada a una ermita de piedra, o un santuario, no está segura, ya que nunca le han interesado especialmente las construcciones antiguas. Del interior de la ermita sale una gran bocanada de humo y cenizas. Todo ha quedado derrumbado en el interior. A un par de kilómetros, Morgan identifica una iglesia, y de eso sí está segura, de la que igualmente escapa una cortina de humo. Sin duda, ambas construcciones están conectadas por dentro a través de la ahora derrumbada galería de túneles.

Observa un poco mejor el claro al que han salido despedidos, una pradera de verde césped iluminado levemente por la luz de la Luna que está a punto de desaparecer para dar paso al día. Está rodeado por una gran masa de árboles que se pierden a la vista en el conjunto del bosque en cualquier dirección. Los acólitos que han corrido la misma suerte que Morgan y Longbow comienzan a ponerse de pie, intentando evitar por todos los medios ser tocados por el humo y las cenizas que salen expedidos de la ermita, como si fuese algo impuro, y huyen a través de los árboles hacia la libertad.

–¿Está bien? –pregunta Longbow.

Morgan responde con un simple «sí» mientras se incorpora totalmente para sentarse, sujetándose el hombro izquierdo y ejerciendo presión para intentar detener la hemorragia.

–Bien, ha ido por los pelos –dice Longbow en un tono ligeramente jocoso.

Los dos permanecen sentados admirando la situación hasta que finalmente el día da la bienvenida con una luz anaranjada y cambia de color las hojas de los árboles. Longbow aprovecha la situación para rellenar los huecos en la investigación de Morgan, contándole cómo una semana atrás Juliet Phillips había acudido a su despacho para contratar sus servicios. Le había contado todo el rollo de la Sociedad de Agramón, y que ella y su hija eran parte del culto. La hija de Juliet, Emilia Phillips, había sido elegida para ser el sacrificio que la orden debía realizar durante el ritual, para ser la portadora de Agramón, como Alary le había contado a Moore durante su visita a su casa. Juliet, como madre, no estaba dispuesta a permitirlo, y robó las escrituras sagradas, que escondió con Longbow en la misma iglesia donde el culto celebraba sus reuniones y rituales. «En la boca del lobo no lo encontrarán jamás», le había dicho Juliet a Longbow. Él se hospedaba en el motel Cordial de Lost Bay, y una tarde Juliet fue a verle, tras esconder el libro, confesándole ser la antigua Gran Maestre del culto olvidado, hasta el mismo momento en que semanas atrás robó los textos. También se confesó asesina de su padre, Alexander Gibbons, en el año 1977, «pero eso es otra historia», le dice Longbow. Tras la traición de Juliet, la orden eligió a un nuevo Gran Maestre, que resultó ser la propia Emilia Phillips, la maldita que ha disparado a Morgan en el hombro. Emilia usó todos los recursos disponibles para atrapar a Juliet y recuperar el libro sagrado, pero esta no podía permitirlo, por lo que decidió acabar con las dos únicas personas en este mundo que sabían dónde se había escondido el libro: ella misma y Ardyan Longbow. Así que Juliet disparó a Longbow en la cabeza con el arma de este, errando el tiro y dejándolo inconsciente en el motel, pero dándolo por muerto, para luego suicidarse ella misma disparándo-

se en la sien. Lo que Longbow no sabía era que la chica que le sacó del motel cuando recuperó el conocimiento, con una consecuente amnesia temporal a causa del daño del disparo y el golpe contra el suelo, formaba también parte del culto olvidado. Esa chica resultó ser nada más y nada menos que Hope Towers. Longbow ha estado siendo guiado y vigilado por Towers durante los últimos tres días, hasta que finalmente y sin pretenderlo los guió hasta el escondite del libro sagrado.

Qué equivocada había estado Morgan en todo. Lo que parecía un caso de asesinato de los de *sota, caballo y rey* ha resultado ser todo un entramado promovido por una orden secreta del siglo XVI y al cual tanto ella como el propio Longbow se han visto arrastrados por mera casualidad.

**

Tras andar durante una hora y media campo a través desde la iglesia, según las indicaciones de Longbow, ambos llegan a una gasolinera destartalada cuyas únicas clientas son las ratas que corretean entre los surtidores de gasolina, al amparo de la brisa mañanera de noviembre. Por suerte para Morgan, no le quitaron la placa cuando la raptaron, por lo que la enseña al dependiente de la gasolinera para exigirle que la deje usar el teléfono. Morgan coge el auricular y pone el dedo sobre la tecla del cinco. No, no debe llamar primero a Cordelia. Debería informar inmediatamente de lo sucedido, e intentar dar con los sectarios que han logrado escapar campo a través. Con suerte pillarán a uno o dos antes de llegar a cualquier núcleo urbano. Morgan marca el número y espera los pitidos.

–¿Cordelia?

La voz de Cordelia suena al otro lado del auricular y reconforta a Morgan al comprobar que sigue viva. Se encuentra sana y salva y, como Morgan sospechaba, acompañada de Freeman que acudió al domicilio al no tener conocimiento del paradero de la inspectora. Morgan le pide a Cordelia que ponga a Freeman al teléfono para darle su ubicación y mandar patrullas a la iglesia de Saint Scaleta, en la zona de Crookshigh. El joven inspector obedece y después le devuelve el teléfono a Cordelia, con quien Morgan habla largo y tendido hasta que escucha una sirena de policía a lo lejos. El miedo desaparece.

EPÍLOGO

27 de noviembre de 2010 – 09.48 h.
Comisaría de policía de Lost Bay.

Morgan está sentada a la mesa de su despacho, sujetando el auricular del teléfono fijo con el hombro pegado a su oreja mientras revuelve un par de carpetas.

–Sí, solo quería comentártelo, Longbow. Acabo de remitir el informe del caso Phillips –dice Morgan al teléfono–. Towers se llevó tu pistola del depósito de pruebas de la comisaría, y como desapareció en las catacumbas, no será difícil reemplazarla por otra con un número de identificación no registrado. Lo de tu sangre en el motel será fácil de «pasar por alto». La muerte de Juliet Phillips constará como un suicidio. No, claro que no voy a mencionar a la Sociedad de Agramón. No sabemos hacia dónde extiende sus ramas ni cómo de lejos, así que mejor no levantar la liebre hasta estar seguros. Aún queda mucho trabajo por delante. Sí, estamos en contacto. No te metas en líos.

Morgan cuelga el teléfono con una sonrisa de oreja a oreja. Termina de organizar el desastre de carpetas que se extienden por la mesa como una baraja de póker y hace dos montones. Listo. La placa en el cinturón y la nueva pistola en la cartuchera. Ordenador apagado por si las moscas. Chaqueta… en la bandera. «Creo que no me olvido de nada».

KNOCK, KNOCK.

La puerta del despacho se abre sutilmente, dejando asomar la cabeza de Freeman a través de ella.

–Inspectora.

–Ahora no, Freeman –replica Morgan mirando a Freeman y señalándolo con el dedo índice–. Te debo la vida, pero ahora no. Me largo de vacaciones, ya lo sabes.

Freeman entra completamente en el despacho y cierra la puerta tras de sí, con una sonrisa.

–Solamente venía a desearle que disfrute de las vacaciones.

–Gracias, Dick –responde Morgan con una sonrisa–. Han sido unas semanas complicadas, y has hecho un gran trabajo, tanto con el tema de la calle Factory con como el de Phillips.

Morgan posa una mano sobre el hombro de Freeman y le da un par de golpecitos cariñosos.

–Si me permites un consejo, tómate un respiro. Vive un poco. La vida se vive en momentos, y a veces nos olvidamos de disfrutarlos por sentir que debemos algo más grande al mundo. A veces tenemos que… ¿por qué puñetas te ríes?

–Inspectora, nunca antes me había llamado Dick –Una sonrisa se dibuja de oreja a oreja en el rostro de Freeman.

–No me tientes, Freeman. No sabes lo feliz que estoy de perderte de vista tres semanas.

–¿Se va con Cordelia a alguna parte?

–Nos vamos unos días a Maine, al parque nacional Acadia, a recordar tiempos mejores y reencontrarnos.

Morgan recoge la chaqueta de la bandera y se la coloca grácilmente con un giro al aire.

–Así que nada de teléfonos, nada de emails, nada de mensajes, nada de «inspectora», nada de Freeman. Tres semanas. ¿Queda claro?

–Sí, inspectora.

Morgan abre la puerta del despacho y da un paso hacia el exterior

–Bien –Se gira y mira a Freeman directamente a los ojos–. Eh, Freeman.

–¿Se olvida de algo, inspectora? –pregunta Freeman.

–«Me llamo Zeus, como el padre de Apolo, el del Monte Olimpo, el de no me toques los cojones que te meto un rayo por el culo. Zeus» –Morgan termina la cita y se marcha.

Freeman sonríe de nuevo para sí mismo y susurra.

–Una policía de las de verdad.